JN324314

白蜜花嫁

Hana Nishino
西野花

CHARADE BUNKO

Illustration

立石涼

CONTENTS

白蜜花嫁 ———————————— 7

あとがき ———————————— 207

早朝の澄んだ空気を胸いっぱいに吸い込んで、上原朔《うえはらさく》は外に出て大きく伸びをした。

ここいらは緑が多いせいか、夏になっても東京の中では比較的過ごしやすい。箒《ほうき》を手に取り、拝殿の前に行くと、若い女性の参拝客が手を合わせていた。その邪魔にならないよう、朔が立ち止まって待っていると、お参りを終えた女性が朔の姿に気づき、はにかんだような控えめな笑みで軽く会釈をしてきた。その腹部は丸く膨らんでおり、女性が妊娠中であることが一目で見てとれる。

「おはようございます」

「はい。でも車で来たので。お一人でお参りですか？」

それを聞いて朔は安心した。拝殿までの長い階段は妊婦が昇るには大変だろう。

「大変ですけど、でもこの子のためなんで。運動になると思えば」

「きっと、御祭神に届くと思います」

朔が神職を務めるこの楢銀杏《ならいちょう》神社は、小さいが八百年の歴史を持っていた。お参りすると母乳の出がよくなると、妊婦の参拝客が多い。最近は雑誌などでパワースポットとして紹介され、遠くからも参拝客が来るようにもなったが、元々地元にしっかりと根づいた社《やしろ》である。

朔はそんな神社で一人神職の仕事に就いていた。両親は数年前に亡くなり、唯一の肉親である姉の百合子《ゆりこ》も結婚して海外に行ってしまったため、神道学科のある大学を卒業してから一年余り、ここを一人で守っていた。もう神職としての勤めも慣れたものだ。

女性は朔にもう一度頭を下げると、重たげな足取りで去っていった。後に残された朔は、いつもの日課として、拝殿前の掃き掃除から始める。

寂しいとは思わない。ここにはたくさんの人が訪れて、それぞれの願いを告げていく。自分の役目は人と神とを繋《つな》げることだ。それをちゃんとやろうとしたら、寂しがっている暇などない。このご時世に伴い、神社の経営も年々厳しくなっているが、それでも朔は懸命に日々の勤めを果たしていった。今年は例大祭もある。それは朔が神職になってから初めてのものだから、しっかりと勤め上げなければならない。

それも今年は、五十年毎の特別な祭事になる。亡くなった両親と歴代の神職に恥ずかしくないようなものにしなければ。

そんなことを思いながら丁寧に箒をかけ、拝殿前から階段にかけてをすっかり綺麗《きれい》にした。

「うん、よし」

やはり参道から拝殿にかけては神社の顔だ。ここが汚れていては神様にも参拝客にも失礼になると、朔は雨の日でもここの掃除を欠かしたことはない。

この神社は小さいので家族経営みたいなものだ。けれどここには朔の他に家族はいないから、近所の女性がパートで事務仕事をしてくれている。あとは正月などに巫女《みこ》バイトを雇うくらいだった。幸い近くに女子校があるため、そのなり手には不自由しなかった。事務員が来るのは九時過ぎなので、朝の清掃などは朔の仕事だ。

満足げに頷《うなず》いて社務所に戻ろうとした時、背後からかけられる声があった。

「よう、朔。おはよう。今日も早いな」

「…………」

朝の清々《すがすが》しい気分がだいなしだ。

そんなふうに思って、朔は眉《まゆ》を寄せながら後ろを振り向く。そこにいたのは幼なじみである川久保昭貴《かわくぼあきたか》だった。幼なじみとはいっても、彼は朔よりも九歳も年上であるから、『近所のお兄ちゃん』という位置づけだったが。

「なんだよ朝からそんな顔して。ま、どんな顔してたってお前は可愛《かわい》いけど」

「朝からよくもまあそんな冗談が言えるよな」

年上といっても、朔の言葉には遠慮がない。この男はいつもこんなふうに、朔に性的な言葉で戯《たわむ》れを投げかけてくる。いちいち本気にして相手にしていたら身が保《も》たない。

それでも昭貴はもう慣れっ子なのか、朔のそんな態度をまったく気にしたふうもなく、当たり前のように隣に並んで階段を上がってくる。

「神社ってさ、どこもこんな感じで長い階段だよな」

「当たり前だろう。神様は高い所に置かないと」

「わかってるけどさ、最近この階段きついんだよな。年かね」

ぼやくように呟《つぶや》く昭貴だったが、その呼吸にはたいして乱れが見られない。彼は長身と男らしく整った顔立ちを持つ、どこから見ても女受けしそうな男だ。今は出勤前らしくスーツを着ているが、その服の下の体躯《たいく》は鍛えられていて均整がとれていることを知っている。夏の縁日の手伝いなどで町内の男たちが集まった時、上半身を脱いで頭から水をかけていた場面を目にしたことがあるからだ。あの時昭貴は、いつも女を泣かせていそうだとかなんとか、そんな卑猥《ひわい》な冗談を他の男たちから言われていたのを思い出す。朔はその時の彼の、苦笑しながらも否定をしなかった態度が気に入らなかった。

――俺のことが好きだって言ってたくせに。

けれどあれは、もうずっと前の話だ。まだ朔が高校生の頃の。

昔も今も、自分はただからかわれているだけだと思う。

「朔？」

気づくと、石段の一番上まで来ていた。拝殿はすぐ目の前だ。彼はこうして、毎朝のようにお参りに来てくれている。それはとても感心なことだし、朔にとっては嬉《うれ》しいことなのだが。

「今朝《けさ》は、お腹《なか》の大きな女の人が早くからお参りに来ていたよ」

思い出に耽《ふけ》っていたと思われたくなくて、朔は咄嗟《とっさ》に先ほどのことを口にした。

「お乳が出るようにって、お願いしに来たんだろうな」

「多分そうだと思う」

朔は拝殿を見上げ、梁《はり》に刻まれた紋様の、天女のような姿をした女神の姿を視界に捉《とら》えた。豊満な肉体を持つそれは、この神社に祭られている神の姿だとも言われている。

「お前、最近少し働きすぎじゃないのか？」

「え？」

「例大祭近いからってあんまり気を張りすぎるなよ――――。ちょっと痩《や》せたろ」

昭貴の手が、朔の頬《ほお》にそっと触れてくる。わずかに擦《こす》った指の感触が思いのほか熱く、朔は飛び上がるほどびっくりしてしまった。

「だ、大丈夫だ！　触るな！」

「――――」

思わず後退《あとずさ》ってしまった時の昭貴の顔がどこか傷ついているようにも見えて、朔は一瞬後悔をしかけた。だがすぐに彼はいつもの軽佻《けいちょう》な顔を取り戻す。

「相変わらず、警戒してんのな」

「そんなことない」

「心配するな。お前の意志を無視して強引なことしやしねえよ。そんなことしたら、罰《ばち》が当たりそうだ」

そう言う声は優しくて、ずるいと思った。それでは、あの時受け入れなかった自分のほうが悪いみたいに感じてしまうだろうが。

「ちゃんと寝て食っとけよ。例大祭、俺もできる限り協力するから」

「わかってる。————ありがとう」

昭貴は地元企業の御曹司で、この神社にも少なからずの寄進をしていてくれていた。正直、それがとても助かっているということは否めない。

そして彼はいつものようにお参りをしはじめた。朔は一歩離れたところからそれを見守る。

「じゃ、また来るな」

「ああ、お参りご苦労様」

そう言った時にふと、朔の頭に浮かんだことがある。彼はほとんど毎日のように参拝に来るが、いったいどんなことを祈っているのだろう。

「昭貴って、毎日どんなことをお祈りしているんだ?」

「俺?」

「別に、言わなくてもいいけど」

神職の立場としては、お参りする者が何を願おうと詮索《せんさく》する権利はない。だから別に答え

が返ってこなくともいいと思っていた。人に願い事を話すと叶《かな》わなくなるという説もある。

ただ、昭貴が毎日ここに来るほどの、それほどの強い願いがあるのかと少し気になっただけだった。

「そりゃあ、ここの神様にお願いすることなんて決まってるだろ」

「……え？」

「ミルクが出るようにって」

「え……え？　昭貴、結婚してないよな？　それとも、他に誰か……？」

朔は一瞬焦ってしまう。昭貴の伴侶《はんりょ》が妊娠したのでなければ、誰か彼の身内に授乳が必要なのかと思った。だが、それにしてはこんなに何年も日課のようにお参りに来る理由がわからない。

「お前だよ」

「……何が」

「お前からミルクが出るようにってさ、毎日お願いしてるんだ」

言っている意味がわからない。朔が昭貴の言葉にぽかんと口を開けていると、ふいに彼の手が伸びてきて、小袖《こそで》の上から朔の胸のある一点を突いた。

「っ！」

突かれた場所から来る感覚に朔は飛び上がるように反応する。思わず両手で胸を庇《かば》うようにして昭貴を睨《にら》みつけた。男のする仕草ではない。顔も熱い。声を出さなかったのが奇跡的なくらいだ。

「何してんだよ！」

「ここから。甘いミルク出ねえかなーって。この恥ずかしがり屋のおっぱいから」

昭貴の指先は狙《ねら》い澄ましたように朔の胸の、本来突起である場所を捕らえていた。

神域で、いったい何をしてくれているのだ。

「――――この罰当たりが！」

次の瞬間、朔は手にした箒で彼を手加減なしにぶった。

昭貴とは、朔が小学生の頃からのつきあいだった。

当時は両親もまだ生きていて、姉も一緒に住んでいた。昭貴の実家は神社の氏子であり、また楢銀杏神社は地域に深く密着していた神社だったので、神事の際には彼の実家である会社の協力をよく仰いでいた。だから、昭貴と朔が出会い、幼なじみとして親しくなるのは当然の成り行きだったかもしれない。

男の兄弟がいなかった朔は、よく昭貴に懐いていた。本当の兄のように思って、時には甘えてもいた。彼もまた朔のことを弟のように思っていてくれたと当時は認識していたのだが、もしかしたら、あの頃から彼は違っていたのかもしれない。

朔が高校生だったある日、そう、やはりこんなふうに石段の途中で呼び止められた朔は、彼から告白をされた。

『好きなんだ』

最初は昭貴が何を言っているのか、よくわからなかった。朔が何も言えずにただ彼の顔を見つめていると、昭貴は困ったように笑って、もう一度言った。

『お前が好きなんだ、朔』

それからやっとのことでどういう意味なのかと聞き返すと、彼は顔から笑みを消した。

こわい。

その時にそんなふうに思ってしまったことを、今でも強く覚えている。昭貴は冗談とか、ふざけたような態度で朔の前でいることが多くて、そんな表情を向けられたことがついぞなかったからだ。

『お前のこと、弟みたいに思ってた。でも、多分違う……。弟のこと、オカズになんかしたりしねえもんな』

その言葉は衝撃的だった。朔は神社の跡取りとして厳しく育てられてきたが、それでも思春期の男子だ。オカズというのが何を指すのか、わからないほど世間知らずでもない。

『俺はお前のこと、そういう目で見てるってことだよ。気持ち悪いか？』

突然男にそんなことを言われたら、気持ち悪いに決まっている。

けれど不思議なことに、その時の朔は彼のことをそんなふうには思わなかった。少し前から、朔の姉と昭貴が親しげに話をしているのを見ると、なんだか胸の中がざわざわするのを感じていた。いったいそれが、どういうわけなのかわからないままだったが、朔はその時初めて、その理由を知ったのだ。

彼の気持ちが嫌じゃない。それどころかむしろ――――。

『ごめん。無理』

なのに次の瞬間、朔は自分の心とは逆の返事をしてしまった。

『昭貴のこと、そんなふうに見れないから』

その時の自分の声の冷たさに、朔はぎょっとした。自分でさえそうなのだから、向けられた昭貴にはさぞかしうすら寒いものに聞こえただろう。気を悪くさせても仕方ないと思った。

『――――ったく、あっさり振ってくれるよな』

彼は肩を竦《すく》め、笑みさえ浮かべている。その表情に目を奪われていると、ふいに昭貴の顔が近づいてきた。反射的に肩を竦めて目を閉じると、唇に熱い感触が触れる。

『……っ』

キスをされたのだと知ったのは、その直後だった。

『!?』

朔は手で口元を覆うと、思わずその場を飛び退《の》く。どうしてキスされたのか、意味がわからなかった。だって、自分は今断ったはずだ。彼も振られたと言ったはずなのに。

『諦《あきら》めないからな』

心臓の鼓動がどきどきとうるさくて、朔は何も言えず、ましてや動くこともできなかった。

こんなに、頭が沸騰するのではないかと思うくらいに胸を躍らせているというのに、朔は彼を拒絶してしまった。

わかっている。きっと、からかっているのだ。

『お前のこと口説《くど》いて、いつかきっと俺のものにしてみせる』

そんなふうに告げられても、朔は彼の言葉を鵜呑《うの》みにすることができなかった。

このキスだって、きっと戯れに決まっている。

朔にとっては初めてのものだったが、昭貴はきっと何人もの恋人とこんなことを繰り返しているに違いないのだ。

そして朔は当時、自分たちの親同士が、姉と昭貴を結婚させたがっていることをなんとなく察知してしまっていたのだ。姉はこの神社で巫女を務めており、朔の目から見ても美しい女性だ。昭貴と二人で並んでいる時は、お似合いの美男美女のカップルに見える。

——邪魔しちゃいけない。

彼がいったいどういうつもりで朔にこんなことを仕掛けてきたのか知らないが、姉と昭貴の間に入り込むわけにはいかない。

それだけが頭にあった朔は咄嗟に彼を拒絶したが、それでも昭貴の態度は強固だった。

勝手な宣言をしてその場から去っていった後には、朔が一人残される。

その日は雪が降ると予想されていて、曇天の空から白いかけらがひらひらと舞い落ちてきたのが目に入った。

『……なに、わけわかんないことして、言ってんだよ』

自分の気持ちなんかぜんぜん知らないくせに。

朔がどんな想《おも》いで姉と彼を見ていたのか。

灰色の空から降ってくる雪に肩と頭を濡《ぬ》らしながら、朔はほんの少しだけその場で泣いた。

結局、我ながら健気《けなげ》だと思った決意は、その後にすべて無駄となってしまったわけだ。

まず、昭貴と結婚するものだと思っていた朔の姉は、ある日突然違う男と恋に落ち、その男の赴任先であるアメリカへとついていってしまう。あの時はちょっとした騒ぎになってしまったものだ。何せ、神社の清らかな巫女が駆け落ち同然にいなくなってしまったのだ。

そしてそのことは、少なからず朔にも衝撃を与えることとなる。

決して仲の悪い姉弟でもなかった。なのに、朔はその件について一切相談をされていなかった。

『お前に迷惑かけないようにしたんだろ』

少なからず気落ちしていた朔に、昭貴はそう言って慰めるような言葉をかける。そういえば、彼はどう思っているのだろうか。周囲は姉と昭貴を結婚させるような雰囲気に整えていっていたようにも思う。おそらく当人にも話は行っていただろう。

昭貴はショックを受けているだろうか。そう思った朔は恐る恐る彼の様子を窺《うかが》ったが、特に消沈しているふうにも見えなかった。

――やはり、彼は自分のことが好きなのだろうか。

そう問い質《ただ》してみたかったが、できなかった。たとえそれが真実だったとして、自分にはどうすることもできない。姉がいなくなった以上、自分がこの神社を守っていくしかないのだ。

そう決意した矢先、さらなる出来事が朔を襲う。

両親の事故死。

報《しら》せを聞きつけ、急遽《きゅうきょ》帰国してきた姉に対し、朔は戻ってきて欲しいと喉《のど》まで出かかった言葉を呑み込んだ。姉の後ろに、彼女の夫が佇《たたず》んでいるのを見たからだ。

日本にいる時の姉は巫女という役目を重荷に感じていたのか、少しぴりぴりとしているようなところがあった。だが、すっかりアメリカでの生活に馴染《なじ》んだような彼女は、頬がどことなくふっくらとし、穏やかな気を纏《まと》っていた。

——姉さんは、幸せなんだ。

引き戻せない。

姉とその夫が仲睦《なかむつ》まじく寄り添う姿を目にし、朔はそう感じた。

『ごめんね、朔』

それは一人ここに残された朔に対する謝意の表れだったのだろうか。神式の葬儀を終えた後で、彼女は申し訳なさそうにそう言った。

『私、ここから逃げ出したかったのかもしれない。与えられたお役目をこなす自信がなかったの』

そう呟く姉に対し、自分はいったい何が言えただろうか。

姉は確かに、この神社では窮屈そうに生きているようにも見えた。時折両親と衝突している場面も目にしたことがある。

そんな彼女がやっとの思いで掴《つか》まえた幸せ。

それを捨てろなどとは、朔にはとても言えなかった。

『わかってるよ。大丈夫』

朔は次にこう言った。

『姉さんの役目も、俺が全部引き継ぐから』

『……朔』

姉は少し驚いたように朔を見つめ返す。それからふいと視線を逸《そ》らして、何かを考えるような表情になった。

『……そうね。あんたならできるかもしれないわ。ここを愛している朔なら』

その数日後、姉は伴侶と共にまたアメリカへと帰っていった。彼女の夫はとても誠実そうで、優しい目をしていた。きっと姉を幸せにしてくれることだろう。

そうして朔は本当に一人きりになってしまった。朝起きて袴《はかま》を身につけ、境内の掃除のために外に出る。空は晴れていて空気は澄んでいたが、朔は途方もない寂寞《せきばく》に包まれていた。

別に、ここは賑《にぎ》やかな場所じゃない。朝の掃除は両親がいた頃からの朔の役目で、だから特に何が変わったというわけではない。

――それでも。

朔は背後の建物を振り仰いだ。

数日前までは、ここに両親がいたのだ。だが、今はもういない。彼らは墓の中で眠っている。

朔は自分の足元が、急にぐらりと揺れたような感覚に陥った。自分は今いったい、どこに立っているのだろう。

――しっかりしないと。

これからこの神社は自分一人で守っていかねばならないのだ。こんなことで心許《こころもと》なくなってどうするのだ。

だが、いくら自分を叱咤《しった》するように言い聞かせても、途方に暮れるほどの心細さは一向に朔を解放してはくれなかった。今立っている硬い石畳が、まるで砂となってさらさらと崩れていくような感覚がする。それは朔を攫《さら》い、二度と立ち上がれなくなる場所へと連れていってしまうようだった。

――駄目だ。

ちゃんとやるって、決めたのに。姉とも約束した。彼女ができなかった勤めは、自分が引き継ぐと。

なのに。

たった一人になっただけで、こんなに、立てなくなりそうなほど孤独に震えている。

朔は今にもしゃがみ込んでしまいそうに力の抜ける膝《ひざ》を、手にした箒を握り締めることで必死で耐えた。

その時、石段を誰かが昇ってくる足音が聞こえてくる。参拝客だ。咄嗟にそう思った。

ここに馬鹿みたいに突っ立っていたら、絶対に変に思われる。早く動かないと。

頭ではそう思っているのに、朔の足は動かなかった。動いたら、蹲《うずくま》ってしまってもう二度と立ち上がれない、そんな感じがした。

足音は徐々に大きくなっていく。そして石段を昇ってきた誰かの姿が見えた時、朔は大きく目を開いた。

『……あき、たか』

『よ、おはよう』

彼はいつも通りに朔に挨拶《あいさつ》をしてきて、その何気なさに朔の胸の奥に温かいものが宿った。

凍りついたように動かなかった手足が、ほんのりと温度を取り戻す。

『なん、でここに?』

『何って、朝のお参り。気持ちいいよな、神社の朝って』

昭貴は固まっているような朔の横を通り過ぎ、何事もなかったかのようにお参りをすませた。その様子を茫然《ぼうぜん》と目で追っていると、やがて振り向いた昭貴がこちらに近づいてくる。ただ見上げることしかできない朔の前まで来ると、彼はその手をぽん、と朔の頭の上に置いた。

『お前、ちゃんと泣いたか？』

『――――』

その言葉に軽く息を呑む。両親が亡くなったという報せを受けてから今日まで、朔は一度も涙を流していなかった。気を張っていたというのもあるし、慌ただしさに呑まれてそこまで感じる余裕がなかったというのもある。けれどこうしてすべてが終わってしまうと、そこにある時間は容赦なく朔を責め立ててきた。

『――何、言ってんだよ。そんな暇なんか』

『ちゃんと泣いとかねえと、この後きついぞ』

押しつけるような響きもなく、さらりと告げられた言葉なのに、朔の肩がびくりと震える。しっかりせねばと、心は硬い殻で覆ったはずなのに、その内部からヒビが入っていくような気がした。抑えつけた悲しみと不安が、その殻を押し上げて心の表層に現れようとしている。

『親が死んで、これから一人でここを守ってかなきゃならないんだ。ならちゃんと、けじめつけとけ。誰もみっともないなんて思わねえから』

『っ……！』

これから前に進むためには、きちんと悲しみを受け入れなければならない。昭貴はそう言っているのだ。

『っ……、だからって、昭貴の前でなんか、泣くかよ……っ！』

強がってはみたが、声がすでに湿っている。それでも彼に泣かされるようで、それが悔しかった。朔が唇を強く嚙《か》みしめて涙を堪《こら》えていると、昭貴はやれやれとため息をつき、それから両腕で朔を抱き締めてきた。まるでそうすることが当然のように。

『ほら、これで俺からは見えないぞ』

頭を肩口に押しつけられる。そんなことをされたら、朔はもう白旗を上げるしかなかった。張りつめていたものをふっと緩めた途端に、両目から涙がどっと溢《あふ》れてくる。喉が鳴り、嗚咽《おえつ》が唇を震わせた。声を上げて泣くなんて、子供の時以来だ。

昭貴の手が背中を軽く叩《たた》き、頭を撫《な》でてくる。そんなことをしてくれる人はもういないと思っていたのに、思いがけず与えられてもっと泣いてしまった。

彼は朔が泣いている間何も言わずに、ただひたすらその涙を受け止めていた。

結果的には、彼の言う通り、それは朔にとって必要なことだったのだ。

悲しいと泣いたことによって気持ちがずいぶんと落ち着き、逆に肝が据わったような気がする。あれだけ泣いたのだから、もうやるしかないと。

そんなふうに、川久保昭貴とは朔にとっていつも気になる存在だった。

ただ彼の前で素直になったのはあれ一度きりで、朔は相変わらず彼の気持ちを受け入れることができない。

その理由は、昭貴自身にも充分にあると朔は思っていた。

――――久しぶりに昔のことなんか思い出した。

足早に社殿を通り過ぎ、自宅兼社務所に戻る。これから朝の祈禱《きとう》を行い、その後は様々な雑務があるのだ。来月には例大祭を控えているので、やることは山積みになっていた。

さほど大きくはない神社だが、今年の例大祭は五十年に一度の特別な意味を持つものになる。朔はもちろん、先代である朔の父も経験したことのない『白の例祭』だ。そのため、儀式の内容を知る神社本庁から人が来て、レクチャーを受けることになっていた。それが今日の午後一時。

(この忙しい時に、なんで昔のあいつのことなんか思い出したんだろう)

弱っていたとはいえ、昭貴の胸で泣いてしまったことなんか一生の不覚だ。きっとあれで調子に乗らせてしまったのだ。

朔が昭貴に対し、いわゆる『デレ』の顔を見せられない理由として、彼の態度の奇矯《ききょう》さというか、変質性がある。

昭貴は、とにかく妙な男なのだ。朔が子供の頃からそうだった。

表向きには頼りがいのある、快活で気さくな男として通っている。だが、朔に告白をしてきたあの日から彼は少し変わった。いや違う。素を見せるようになったのだ。普段は前とそう変わらないけれども、ふいに性的なニュアンスを混ぜた会話を投げかけてくるようになった。殊に、どういうわけか朔の胸が気になるようで、それは子供の頃に何度か一緒に入浴したことがあるからかもしれない。

あの時はちょっとものわかりのいい男の振りをして身を引いてみせたものの、それからも彼はことある毎に朔を口説くような台詞を囁《ささや》き続けている。

——なんで。

それが嫌じゃないことが、時々嫌になる。

(俺は昭貴を受け入れられない)

(だが、どうして?)

(俺はここを守らなきゃならないし、あいつだって本気かどうかわからない)

(なんで本気じゃないなんてわかる?)

「……だって」

朔はふいに自分の内心を口に出していた。周りに誰もいなくてよかったと思う。

(もしも本気じゃなかったら、きっと傷つく)

だからそう思っていたほうがいいんだ。あいつは俺をからかっているだけだって。

もしかしたら性欲くらいは本気で抱いているのかもしれないが、そんなことで抱かれるのはごめんだ。

そんなことをぐるぐると考えながら仕事を片づけていると、やがて昼が来て、約束の午後一時になった。時計の針が一時を三十秒ほど過ぎたあたりで、来訪者を告げるチャイムが鳴る。

応対に出た事務員の木村《きむら》が朔を呼びに来た。

「朔さん、神社本庁の方がお見えになっていますよ」

「今行きます」

応接室に行くと、そこには一人の男がいた。

「神社本庁から参りました、皆川《みながわ》と申します」

「榁銀杏神社の禰宜《ねぎ》、上原朔です」

朔がそう名乗った時、男は少し不思議そうに顔を傾《かし》げた。三十後半ほどの、渋い役者のような印象の男だ。

「宮司を名乗らないのですか？」

宮司とは会社でいう社長のようなものだ。この神社は朔が一人で切り盛りしているので、当然朔が宮司ということになる。

「まだ一人前ではないので。例大祭が終わったら、名乗ろうと思っています」

甘いと言われるかもしれないが、朔はまだこの神社の宮司として、御祭神に認められていないような気がしていた。

まだ修行中の身であったのが、先代の不慮の事故のために急に神社をまかされることになったようなものだ。すでに奉職はしていたものの、まだまだ神職として学ぶべきことはたくさんある。

「……なるほど。謙虚でいらっしゃるのですね」

「いえ、そんなことは」

その時、木村がお茶を持ってきて、皆川と朔の前にそれを置いていく。その間にちらりと見上げた彼は、何やら思案気で、この後のことを深く考えているように見える。

（俺じゃ、頼りないって思うよな、そりゃ。五十年に一度なのに）

本当はベテランの神職が執り行うべき儀式に違いない。朔はその秘祭を教えられないまま代替わりしてしまったので、こうして本庁から皆川が出張ってきてしまったのだ。自分に『白の例祭』を伝えるために。

「こちらをお渡しするのが遅れました」

受け取った名刺を見て、朔は微《かす》かに首を傾げた。

「『特殊祭祀課』……？」

神社本庁はこの国にある八万からの社を包括する組織である。だが、これは聞いたことのない部署名だった。

「今回のこちらの『白の例祭』のような、特殊な祭祀の情報を扱う部署です。表向きには公開しておりません」

「ああ、なるほど……」

　全国にある神社の中には、千年以上もの歴史を持つ社も珍しくない。そして時の流れの中で、失われていく儀式や伝承もあるだろう。そういったものを途切れさせないよう、情報を共有していくのが狙いなのだと皆川は語った。

「しかし、中にはその社だけに伝わる秘祭中の秘祭とされているものもあるでしょう。そういった情報が社の外にもあるという事実が好ましくない。そのために、表向きにはないとされているのです。……それと、もうひとつ」

　皆川の声の調子がわずかに落とされたような気がした。まるで、内緒の話をする時のような。

「やはり、あるのです。神の障りや、あるいはその逆のことが」

　朔は目を瞬《まばた》かせる。

「現実では起こり得ないような出来事……とかですか」

　朔自身は、これまでにそういった事象に遭ったことはない。だが、こうしてそのための部署が存在すると聞かされては、それも納得せざるを得なかった。神職が神の存在を信じないというのもおかしな話ではあるし。

「はい」

「……そうですか」

「お若い方なので、本気になさらないと思いましたが」

「そうでもないですよ。大学の同期とかでもいました。言葉は変ですが、そういったオカルトめいたことを受け入れている人たちは」

朔自身は、あるかもしれないし、ないかもしれない、というところだ。実際にこういった職業に就いていると、お祓《はら》いなどを求めてくる人はいる。朔はそういう、たとえば怪異めいたものに出会った経験はないが、経験の長い神職などはそれなりにいろんな話を聞いているようだ。

「今日は、『白の例祭』の概要のみお話しいたします。本祭についてはその夜に、ご神体の前で」

皆川の説明によると、昼間の神事の他に、本殿での儀式があるらしい。そしてそれが本来の祭祀なのだと彼は言った。

「……え、今、お話しいただけないのですか」

「ええ、これは決まりですので」

そう言われてしまうと、朔は頷かざるを得ない。何しろこちらにはほとんど情報がないのだ。下手すると失われてしまいかねない祭祀を管理していてくれるのはありがたい。

（この神事が終われば、一人前に近づける）

朔は自分の中のけじめとして、この五十年に一度の大祭を無事終えるということを目標としてきた。朔が式次第を知らない以上、皆川の言葉に従うしかない。

「わかりました。では、昼間の神事も滞りなく進められるよう、ご指導ください」

朔が神妙な表情でそう教えを請うと、皆川はじっとこちらを見つめてきた。

「……皆川さん？」

朔が怪訝《けげん》そうに呼びかけると、彼はふっ、と表情を緩めて微笑《ほほえ》みを見せる。

「あなたならきっと、本祭も立派に勤め上げることができるでしょう」

「本当ですか」

「保証します」

内容はまだわからないが、神社庁の皆川が言うのだから間違いはないのだろう。朔はこれまで少しばかり気負っていたが、力強い後押しを得たような気がして、少し肩の力が抜けたのを感じていた。

一日の勤めが終わり、夕食も終えて、朔はのんびりと湯に浸かっていた。この時間が一番リラックスできる。湯船の中で手足を伸ばし、朔はぼんやりと浴室の天井を眺める。

今日は慌ただしく過ぎた。例大祭のこともだいぶ聞けたし、夜に行われる本祭というのが気がかりだが、皆川も大丈夫と言ってくれたからきっと成功するだろう。あとは昼間の神事に備え、氏子と連絡をとらなくてはならない。

氏子といえば、昭貴の家だ。

脳裏に彼の顔がぽん、と浮かぶと、朝に彼と会った時のことを思い出す。

(あいつ、またふざけてあんなこと)

朔はちらりと視線を落とし、湯の中の自分の胸を見た。小袖の上から昭貴に触れられた胸の突起。

(突起じゃ……ないんだよな)

朔の乳首は、突起部分が乳暈《にゅううん》の中に埋もれていた。いわゆる陥没乳首というやつだ。物心ついた時からそうだったので、昔、中学校くらいの時だが、昭貴の家で一緒に風呂に入るまで気がつかなかった。それまで誰もそれを指摘しなかったからだ。

『あれ……、朔、お前の胸』

『え？』

『それ、引っ込んじまってるんだな』

その時は、何を言われているのかわからなかった。けれど昭貴の指先がちょん、とそこを突いてきた時、肩がびくりとわなないた。あの時、身体《からだ》の真芯《ましん》に走った何か。

『陥没？　ちょっと触らせてみろよ』

『や、だっ、何すんだよっ……！』

昭貴が指摘したそれが、なんだか物凄《ものすご》く恥ずかしいことのような気がして、朔はバスタブの中で身を捩《よじ》った。だがその外にいた彼に後ろから覆い被《かぶ》さられるようにされると、湯の中にいることで逆に身動きがとれなくなる。

『刺激すれば出てくるのか？　お、中のほうがなんかコリコリしてる』

『……や、めっ…』

抵抗する声が小さくなったのは、下手に罵倒《ばとう》でもしようものならなんだか妙な声が出てしまいそうだったからだ。昭貴の両手は朔の胸を覆い、その指先で乳暈の中に埋もれた突起をくびり出そうと刺激を加えてくる。

『っ……、っ…！』

ビクン、ビクンと震えてしまう身体が恥ずかしくて、朔は身を丸めるようにして昭貴の無体とも言える仕打ちに耐えた。

『お……、少し、出てきた』

どこか熱を孕《はら》んだような、昭貴の声。思えば、彼はあの時から自分に変なことをしたいと思っていたのかもしれない。あの時の羞恥《しゅうち》と屈辱を思い出すと、朔は今でも平静を保っていられなくなりそうになる。昭貴の告白を受け入れられなかったのは、この時の出来事が尾を引いているのもあったのだろう。

『…っやめ、ろよっ変態！』

結局あの後、朔は昭貴を殴りつけて風呂を出てしまった。彼はそれから悪びれない調子で謝ってきたものの、思春期の時分にそんなことをされてしまった朔にとって、胸のことは立派なコンプレックスになってしまった。今もプールや温泉といった人前で裸になる場面では、思わず躊躇《ちゅうちょ》してしまうほどである。

（……あいつのせいだ）

過去の出来事に唇を噛みながら、朔の両手は知らず知らず自分の胸に向かっていった。誰もいない風呂場でそっとそこを摘《つま》むと、小さなため息が出る。

あの時感じた妙な感覚は、いったいなんだったのだろう。指先でそっと揉《も》むように、時々中にあるものを押し出すように刺激していくと、やがて柔らかい乳暈の中に芯のような存在を感じるようになった。

「……っ」

朔は湯の中でそっと息を呑む。そこからじわり、と生まれる感覚が朔の身体をゆっくりと包んでいった。じぃん、と微かに痺《しび》れるようなそれは、思考を徐々に鈍らせていく。

朔はこの後で、いつも少しためらってから、指先で摘んだそこにくっ、と力を込めた。そうすると、まるで葡萄《ぶどう》の皮からつるりとした実が出てくるように、乳暈に埋もれていた突起が顔をのぞかせる。

「あ」

普段朔が目にすることのないそれは、まるで卑猥な性器のようにも見えた。はあっ、と熱い吐息を漏らした朔は、飛び出した突起を潤んだ瞳《ひとみ》でじっと見つめる。そうしてそれがまた埋もれてしまわないように注意して他の指で摘み直すと、空いた指先をそっとそこに近づけていった。

「――――」

どこか震えているような指先が、露出させられた乳首の突端にわずかに触れる。

「は、ァっ」

思わず零《こぼ》れた自分の声が耳に入った瞬間、朔ははっと我に返り、触れていた指先を慌てて離した。身じろぎした時に立った湯の波が立てた音が、理性を引き戻す。

「……なに、やってんだ」

これ以上湯に浸かっていたら頭がのぼせそうだ。朔はそう思って、火照った身体を湯船から引き上げた。

指先が触れた胸の先は、まだ少しじんじんと熱を伴っていた。

寝つきはそれなりにいいほうだ。けれど夢はほとんど見ないし、見ても忘れてしまうほうだと思う。

なのに、その日は久しぶりに夢を見ていた。朔は白い闇《やみ》の中にいて、その中をゆっくりと漂っている。浮いているのか、あるいは天地が逆になっているのか、それも定かではない。

やがて前方から何かが近づいてきていた。それは人の形をしているようだったが、視覚で認識しているわけではないと思う。ただ『人の形』だと感じるだけ。

けれど、その存在からはとてつもない畏怖のようなものを感じていた。やがてそれが柔らかい羽衣のような着物を纏った女性の姿をしているのがわかっても、目を逸らしたくなるような圧倒的な存在感は変わらなかった。けれど、目を逸らすことができない。

また距離が縮まり、その女性らしきひとがたの顔立ちを見ることができた。どこか浮き世離れした美しさだった。きらびやかな衣装の胸のあたりが、ふくよかに盛り上がっている。

女性は朔を見つめると、ゆるりと微笑んだ。優しげな笑みに朔の身体からも力が抜ける。

その朱《あか》き口元が開き、朔に何かを伝えようとして声を発した。だがそれは頭の中に直接響いてくる。

あのおとこのねがい　かなえてやることにしました

あの男？　願い？

いったい誰のことだろう。朔がおずおずとそれをたずねようとした瞬間、女性の手が朔の胸元をぽん、と軽く叩く。その瞬間に目の前がぐるりと渦を巻いて、そして放り投げられた。

「――――っ」

覚醒が訪れる。我に返った朔の視界に次に入ったものは、薄暗い自室の天井だった。

夢、か。

珍しい。しかも、妙に生々しい感触の夢だった。

カーテンの向こうから鳥の声が聞こえてくる。差し込んでくる朝の気配は、ここが現実の世界であることを主張していた。それと同時に、さっきまで見ていた夢の記憶が少しずつ曖《あい》昧《まい》になっていく。

(起きないと)

今日も勤めが始まる。朔は布団から出て窓に近づくと、勢いよくカーテンを開けた。朝の清浄な太陽の光。朔の一番好きな時間だ。

昭貴は今日もお参りに訪れるのだろうか。

いつの間にか彼が来ることを待っている自分に気がついて、朔はぶるぶると首を振る。

何を考えているんだ。神職ならば、参拝客は歓迎するのが当たり前じゃないか。何もおかしいことはない。ましてや彼の家とは代々のつきあいがあり、こういう言い方はあまり好きではないが、この神社を運営していくに当たっても大事な氏子だ。

だから、自分が昭貴の参拝を望むようなことがあっても、それは決しておかしなことではないのだ。

朔は無理やり自分にそう言い聞かせて、まるで気合いでも入れるように床に敷いていた布団を持ち上げた。

身支度を調えて、いつものように拝殿の周りを掃除しに行く。すると珍しく、ここの町内会長の西村《にしむら》がお参りをしている姿が目に入った。

「おはようございます」

「おお、朔くんおはよう」

「珍しいですね、こんな朝早くから」

「ん？　うん、ちょっとなあ」

西村は朔に指摘され、少し地面を見るように目線を落とす。その表情に朔はピンと来た。西村は、神頼みに来たのだ。多分そんな気分にさせるような心配事が、彼にはできたのだろう。

朔はそんな時は何も言わない。ただ、彼らの憂慮が払拭《ふっしょく》されるのを祈るのみだ。もしも西村が朔に何かを言いたければ、ただ黙って聞く。それもまた自分の仕事だと思っていた。

「……いやー、まいったなあ」

そして西村は、どうやら朔に話を聞いてもらいたいほうだったようだ。

「うちの田舎《いなか》なんだけどね」

「K県でしたよね」

この楢銀杏神社はK県にある大きな神社の支社であるので、それは記憶に残っていた。

「うん、そう、そのあたりでね、大雨で農作物がひどい被害を受けてるらしいんだ。私の実家ももれなくね」

「それは……大変ですね」

「うん、これで二度目になるって言ってたな。冗談でだろうが、首を括《くく》らないといけないかも、なんて言ってたよ」

それを聞き、朔はふと思う。もしやこれは、五十年に一度の儀式を行わねばならない、切迫した状況になりつつあるのではないかと。

「ま、天候のことだし、こっちが心配しても仕方ないんだが、せめて神様にお願いしとこうと思ってね」

「このお社の本社はK県にあります。きっといい方向に動きますよ」

「だといいな。ありがとうな、朔くん」

「いえ。お気をつけて」

西村は笑いながら片手を上げると、石段を下りていった。

(やっぱり、重大なことなんだ)

考えすぎかもしれないが、朔にはK県での被害と迫る儀式の期限の件が、無関係なようには思えなかった。ここいら一帯の土地だけではなく、神の力は距離を離れた場所にまで影響する。

やはり来《きた》る例大祭での祭祀は、なんとしても成功させなければならないだろう。

朔は自分の背中にかかる重みが増したような気がして、箒を握る手にぎゅっと力を込めた。

その年の例大祭は、朔が宮司となって初めてのものだった。

装束に身を包み、皆川に指示してもらった例祭用の特別な祝詞《のりと》を唱え、集まった氏子の前で神事を執り行う。もっとも氏子の大半は朔が子供の頃から知っている地域の人間であったため、どちらかといえば朔の成長を見守ってくれた人たちが多かったかもしれない。無事に昼間の祭祀を終えた時、朔の側《そば》に父の代からつきあってくれていた人たちが集まった。

「朔くん、よくやったね。これでお父さんお母さんも安心だろう」

「はい、ありがとうございます」

白髪の、闊達《かったつ》な老人は酒田《さかた》といって、この神社の麓《ふもと》で餅屋《もちや》を営む主人だ。朔が小さな頃から、この神社に何度も餅を届けに来てくれている。

「もう一人前になったんだから、嫁さんでももらったらどうだい？　しっかりした嫁さんがいると、いろいろと助かるよ」

「いやあ、まだぜんぜんそんなこと考えられません。まだ必死で」

突然結婚を勧められ、朔はびっくりして首を振った。自分がまだ二十三だということもあるが、その可能性が頭の中にまるきり存在していなかったということに気づく。

「ちゃんと、自分でここを守っていけるっていう自信がつくまで、そんな気は起こらないですよ」

「そうかい？　ま、まだ若いからな。もっとちゃんと遊んでからでも遅くはないか」

「自分神職なんですけど。いいんですかそんなこと言って」

朔が苦笑すると、酒田は声を上げて笑った。

「なに、構わないさ。俺だって昔はよくお父さんを連れて飲み歩いたもんだよ」

神道は特に教義があるわけではないので、厳密には飲酒も肉食も、そして結婚なども禁じられているわけではない。禊《みそ》ぎの期間などは心身共に清くあらねばならない場合もあるが、そのあたりはおおむね寛容である。

「母が聞いたら顔をしかめそうな話ですね」

苦笑しながら言うと、酒田はぽんぽんと朔の肩を叩いた。

「だがね。お二人は仲のいい夫婦だったよ。朔くんはそんな彼らの自慢の息子なんだから、ちゃんとやれないわけがないんだ。これからもがんばるんだよ」

「はい」

目の奥が少し熱くなりそうだったので慌てて目線をあたりに巡らせると、少し離れたところに昭貴が立っていたのに気づく。彼は今日、会社を代表して来ていたのだ。

昭貴は朔と目が合ったにもかかわらず、にこりともせずにこちらをじっと見ている。話を聞いていたのだろうかとどきまぎした。別にこちらが焦る必要など何もないのに。

昭貴は朔に何も言わず、ふいに動き出し、拝殿を出ていこうとする。そんな彼の背中を追うともなしに追っていると、入り口のあたりで昭貴が誰かと話すのが目に入った。

(皆川さん……?)

神社本庁から来て、朔に今回の例祭のことを色々と教えてくれた男だ。この後まだ夜の祭祀が残っている。皆川いわく、むしろそちらのほうが重要ということだった。

(なんで、昭貴が皆川さんと?)

側に行こうとした朔だったが、また別の氏子に声をかけられ、足を止められる。今度もまた父の古くからの知り合いで、朔が無事例祭を勤め上げたことを喜んでくれていた。感謝こそすれ、邪険にすることはできない。

もう一度その場所を目にした時には昭貴も皆川もそこから姿を消しており、朔はとうとう彼らから話を聞くことができなかった。

夜になると、神社の空気は一変する。朔はここで生まれ育ったが、子供の頃は夜の社は少し怖くて、自宅の区域から先へは行きたがらなかったことを思い出した。

夜は神様の時間だから、邪魔をしてはいけないよ。

父にそう言われて、夜はあの向こうは人ならざるものたちが住む場所なのだと思い込んでいた。さすがに今はそんなことはないが、それでも夜の社殿にはどこかある種の緊張感のようなものがあると思う。

昼間、神事を行った祭殿に、朔は一人向かっていた。あちらでは皆川が夜の祭祀の準備を整えているはずである。朔はこの時間に来るようにと言われた。

それにしても、事前にほとんどなんの情報も与えられなかった。いったい五十年に一度の儀式というものはなんなのだろうと、緊張や不安が湧《わ》き上がってくるのを禁じ得ない。

(俺にできることだろうか)

何か、とんでもないことだったらどうしようという考えも浮かんできて、朔はそのたびにその想像を打ち消した。

(俺がこの神社を守るんだ。だったらなんだってやらないと)

昼間集まってくれた皆の顔を思い返す。昔から知っている氏子たちは、朔の成長を喜んでくれた。がんばったなと言われた時は嬉しかったのだ。だから絶対に、この祭祀も成功させなければならない。

ギィ、と重い音を立てて拝殿の扉を開く。中は思いのほか明るかった。あちこちに立てられた灯籠《とうろう》に明かりが灯《とも》され、一種幻想的な雰囲気に朔は一瞬息を呑む。

祭壇の前には一般的な神事の時に供えられる酒や野菜や穀物などの神饌《しんせん》と、榊《さかき》があった。

だが、ふと気になったのはあたりに張られた紅白の幕。それはまるで、婚礼の時のようだった。

「朔さん」

それらを見て戸惑っていた朔がはっとして声のするほうを見ると、そこには皆川が立っていた。彼もまた神職が着用する袴姿になっている。だが朔はそこにもう一人の姿を目にすることになった。

「……昭貴？」

どうして彼がここにいるのだろう。彼は洋服ではなく、白い袴を身につけていた。彼は朔と目が合うと口元で微笑んでみせる。

「なんで昭貴が」

朔は昼間のことを思い出した。まったく面識のないはずなのに、一緒にいた皆川と昭貴。

それはこの祭祀に関係のあることなのだろうか。

「朔さん、それでは、楢銀杏神社における『白の例祭』を始めたいと思います」

「あの、どうして彼がここにいるんでしょうか」

当たり前のように告げてくる皆川に戸惑いを隠せず、朔はそう問いかけた。

「今から説明します。川久保さんはこの祭祀には外せない人ですから」

皆川はそう言うと、懐から布の包みを出して祭壇の上に載せる。紫色のその布を解《ほど》くと、中から古びた板のようなものが現れた。片方に溝のように切り込みが入れられ、居酒屋などで時々見る、靴箱の鍵《かぎ》を連想させた。

「これは鍵です」

どうやらその予想は当たっていたようで、皆川はその鍵を持って拝殿の奥まで進む。その壁の奥に垂らされている古びた幕をめくると、そこには小さな扉があった。扉といってもごく小さく、ロッカーといったほうがいいかもしれない。

「それは」

「気がつきませんでしたか？」

「何かがあるとは思ってました……けど、古い神社ですし、あまり暴く気にもなれなくて」

「それは賢明です」

扉は何かをはめ込むように象《かたど》られ、切り取られている部分がある。朔は清掃の時にその扉の存在に気づいてはいたが、父も知らないようだし、放っておくべきかもしれないと判断していた。気になるからといって無理にこじ開けてしまうのもよくないと思ったからなのだが。

「この神社における『白の例祭』が失われないように、うちの課がその式次第を預かっているというのは前にお話ししましたね？」

皆川が所属している部署は、秘匿されている祭祀が失われないよう、その情報を厳重に扱っているところなのだと聞いた。

「それが、その鍵なんですか？」

「ここに入っているのは、単なる情報に過ぎません」

皆川が扉を開けた時、微かな黴臭《かびくさ》さと共に、古い書物の香りが漂った。そこに入っていた木箱を注意深く取り出した彼は、それを丁寧に押し頂いて、また祭壇の前に戻ってくる。箱は変色していて、括っている紐《ひも》も色あせていた。

「五十年ぶりに開封します」

紐を解き、注意深く木箱の蓋《ふた》を開ける。幾重もの和紙と油紙に包まれたそれは、一冊の書物だった。

「ご覧になりますか？」

両手で渡されたそれを、朔はおっかなびっくり受け取る。頁《ページ》をめくってはみたが、古めかしい字で書かれたそれはまったく理解できなかった。

「俺には読めません。何が書かれてあるんですか？」

書物を皆川に返しながら朔が問うと、彼は少し困ったような笑みを浮かべる。この場には妙にそぐわないような表情を朔が訝《いぶか》しんだ時、皆川はまるで神託を告げるように言った。

「あなたは、ここにいる川久保氏の花嫁になります。今から行われるのは、そのための儀式です」

「――――……え？」

彼が何を言ったのか、よくわからなかった。

「花嫁……って、誰が？」

「お前が、俺の」

それまで黙っていた昭貴が唐突に朔に向かって声をかける。その瞬間、朔は弾《はじ》かれたように昭貴を見やった。

「なんで⁉」

思わず大きな声を出してしまい、皆川がシッ、と人差し指を口に当てて制する。だが、それでは朔の混乱は収まることがなかった。

「どうして男の俺が昭貴の花嫁になるんですか？　その書物には、そんなことが書かれてあるんですか？　ちゃんと正しいことを教えてください！」

「朔さん、落ち着いて」

「ふざけるのはやめてください！」

皆川はこういう状況で冗談を言うような男ではないだろう。だが、突然そんなことを言われた朔は納得できるものではなかった。

「俺がどんな気持ちでこの日を迎えたのかわかってるんですか。これでも必死にやってきたつもりなんですよ」

「もちろんです。朔さんは若いながら、よくやってらっしゃると思います。ですが、それとこれとは別なんです」

「何が……！」

この時の朔は、自分のこれまでやってきたことが全否定されたような気持ちになっていた。父の跡を継ごうと懸命に日々の勤めを果たして、昼間の神事をきちんと勤め上げ、ようやっと認められた。

なのにここに来て、昭貴の花嫁になれなどと、わけのわからないことを言われる。

「朔、これはもう決まったことだ」

「お前も、なに乗せられてんだよ！」

朔は思わず昭貴にも嚙みついた。彼とはあんなことになったけれど、朔にとっては未《いま》だに大事な幼なじみのままだった。ただ、彼は幼なじみのままでは不満だったらしいが。

それだけに、昭貴が皆川の妙な話にかつがれてしまったらしいのが悔しかった。自分たちが過ごしてきた時間は、そんなものだったのかと。

「そんなに許せなかったのか。俺が。俺が……お前を受け入れなかったから」

昭貴が着ている白い小袖を掴むと、彼はしばし無言のままで朔を見つめていたが、やがてきっぱりとこう言った。

「ああ、許せなかった」

朔は息を呑む。すると次の瞬間、背後から何か布のようなもので鼻と口を塞《ふさ》がれる。思いっきり吸い込んでしまい、強い香の匂《にお》いが気管を満たした。

「ふ、ぐ……っ」

次に訪れる強烈な眩暈《めまい》。それと同時に意識が急速に遠のいていく。

やられた。

そう認識した時は、もう遅かった。

朔は昭貴の腕の中に倒れ込みながら、夢の中で見たあの光景を思い出していた。

「——本来は、朔さんのお姉さんがその役目に当たるべきでした」

皆川が祭祀用の装束を纏う音が、朔の耳に聞こえてくる。

身体全体がひどく重い。おそらく、さっき後ろから嗅がせられた香のせいだろう。あれがどんなものか知らないが、朔は一瞬意識を失い、そしてその間に床に横たえられて両腕を拘束されていた。頭の上でひとまとめにされ、昭貴に押さえつけられている。

「川久保家はこの祭祀における選ばれた氏子です。元々は、あなたのお姉さんが昭貴さんの花嫁になる予定だったのです。この榁銀杏神社はそうやって五十年毎に選ばれた氏子へ花嫁を捧《ささ》げてきました。そうすることによってこのお社と、ここいらの土地の繁栄に繋がっていく」

ところが、予定が大きく狂ってしまった。

朔の姉は電撃結婚をして外国へ移住してしまい、これでは儀式が成り立たない。だが、この現代の日本で、祭祀のために自由な意志による結婚を無理やりやめさせるわけにはいかない。神社本庁では会議が行われ、『白の例祭』の中止はやむなし、と判断されていた。

「ところが、昭貴さんからこちらに働きかけがありました。お姉さんの代わりに、あなたを花嫁にできないかと」

「――――」

朔は自分に覆い被さっている昭貴を恐る恐る見上げた。彼は朔を睨みつけるように見下ろしている。昭貴のこんな顔は今日まで見たことがない。そんな怖い顔をしないで欲しかった。

「ですが、それは無理だと言ったのです。『白の例祭』で迎えられる花嫁には、ある御印《みしるし》が必要とされる。それは男の朔さんには不可能だと」

「だから、俺はずっとここの神様にお願いしてたんだよ。毎日毎日。朔を俺の花嫁にしてくださいってな」

皆川の後に続く昭貴の言葉に、朔は思わず瞠目《どうもく》する。それでは、彼が毎日参拝に来ていたのは、そのためだったのか。

「そうしたら、この間夢を見たんだ。あれは多分ここの神様だと思う。立派な胸を持った、美人の女神様だ」

「……え」

その夢なら朔も見た。豊かな乳房を持った、美しい女性の夢。そしてその女神は言ったのだ。

『あの男の望みを叶えてやる』と。

「――――っ！」

昭貴の両手が朔の小袖の前を勢いよく開く。思わず怯《おび》えて身を捩ろうとするものの、身体が重くて思うように動かない。ましてや上から昭貴にのしかかられているとなれば、ここから逃げ出すのは絶望的だった。

「馬鹿やめろ、昭貴っ……！」

「それじゃあ皆川さん、始めていいぜ」

「……私はまだ懐疑的なのですがね。いくらなんでもそんなことが……」

「そりゃあ特殊祭祀課にいる人の言葉とは思えないな」

朔の抵抗を軽々と押さえつけながら、昭貴は皆川と言葉を交わしていた。皆川はどうも、朔を姉の代わりとすることには前向きでないらしい。それなら、助けてくれればいいものを。

それでも皆川は納得したらしく、祭壇のほうを向いて低く祝詞を唱えはじめた。

「もう、いい加減観念しな。これからお前を俺の嫁にするから」

昭貴はどうあっても朔を抱く気でいるらしく、袴の帯をしゅるしゅると解いてくる。

「……っ昭貴、なあ昭貴、俺じゃ無理なんだろ？　できるわけないって、今、皆川さんが言っていたじゃないか」

罵倒が通じないなら説得を試みようと、朔はどこか目の色が違ってしまっている昭貴に語りかけた。

「無理じゃねえよ。お前ならきっとできるって」

「だからそれはなんっ……！」

朔はそれ以上の言葉を発することができなかった。昭貴が、その唇で朔のそれを塞いでしまったのだ。

「…っ、ぅ、ん、んん……っ」

昭貴の舌が強引に口中に潜り込んできて、朔の敏感な粘膜を貪《むさぼ》るように舐《な》め回す。抵抗していたはずなのに、その激しい口づけは朔の頭と身体を痺れさせた。

(こんな、人前で、こんなことをされているのに)

いっそ舌を噛んでやろうかとも思ったが、昭貴の熱い肉厚の舌で上顎《うわあご》の裏を舐められると、身体中がぞくぞくして震えてしまう。

「……は、ァっ…」

ちゅる、と舌を捕らえられて吸われると、びくん、と腰が跳ねてしまった。

(なんで、俺、こんな)

嫌なはずなのに。こんなわけのわからない理由で自由を奪われ、無理やり抱かれようとしているのに、昭貴の淫《みだ》らなキスでその気になろうとしている。少なくとも、身体は。

「……朔の舌、すごく美味《おい》しいよ」

「し、ね…」

悪態をつく声もどこか掠《かす》れてしまう。自分がこんないやらしい声を出してしまうなんて、びっくりした。

「これからは俺のものだ。ここも、ここも……」

熱に浮かされたような昭貴が、朔の耳元や首筋に音を立てて口づけてくる。耳の中に舌を入れられた時は、思わず背中を浮かせてしまった。

「ん、うぅ…っ」

滲《にじ》んだ視界の中で、灯籠の明かりがいくつも重なって見える。耳に聞こえる皆川の低い祝詞の声。いつも祈禱を捧げている拝殿で、どうしてこんなことをしているんだろう。

押し寄せる非現実感。自分は夢でも見ているのだろうか。

その時、昭貴の手が朔の下半身をまさぐり、下着の中に潜り込んでくる。ひどく生々しい感覚は、これが夢なんかではないということを思い知らせてきた。

「や、あっ！」

「これが朔のものか……」

脚を閉じたくとも、昭貴の身体が脚の間に入り込んでしまっているので、それも叶わない。同性に、それも幼なじみの昭貴に股間《こかん》を握られているということにパニックになってしまい、朔は力の入らない身体でどうにか逃れようと手足をバタつかせた。

「こら、おとなしくしろ」

昭貴はどこか笑いを含んだような声で、朔のそれを握った手にきゅっと力を込める。

「んん、くっ！」

同時にゆるゆると擦られるように刺激され、脚の間から鋭い感覚が突き上げてきた。感じてしまう。それが恥ずかしくて、そして悔しくて、朔は真っ赤に上気させた顔でぶるぶると首を振った。

「すぐ硬くなるのな。もう勃《た》ってる……。ちゃんと出してるのか？　やらないと、溜《た》まってくばっかりだぞ」

「よ、けいな、お世話だっ……！」

昭貴の五本の指が朔のものに絡みつき、まるで乳でも搾るような手つきで扱《しご》き上げてくる。そのたびに太腿《ふともも》がびく、びくと震えて、湧き上がる快感に呑まれそうになった。指の腹でざらりと先端を撫でられると、変な悲鳴が上がりそうになる。

「だから俺が告白したあの時、ＯＫしてくれたらよかったんだ。そうしたら、毎日こうして、可愛がってやったのに」

朔が高校生の時のことを言っているのだろうか。冗談ではないと思った。あんな時から毎日こんなことをされたのでは、どこかがおかしくなってしまう。

「濡れてきた」

「っ！」

朔のものは昭貴に愛撫《あいぶ》されて、先端から蜜《みつ》を滲ませはじめていた。彼がそれを鋭敏な部分に指で塗り広げるたびに、そこが痺れるような快感に包まれていく。

「う…うぅ…っ」

「気持ちいいか？」

違う、と言いたくて、朔はかぶりを振った。こんな形で好きにされることが悔しいのに、昭貴の指が動くと我慢できないほどの感覚がそこからこみ上げてくる。熱い息を漏らす唇は濡れて、頭の中がぼうっとしはじめた。

（おかしい――――、おかしい、こんなの）

だいたいこんな儀式自体がおかしい。自分は騙《だま》されているんじゃないだろうか。

冷静に考えようとしても、思考はしょっちゅう分断され、そこからじゅわじゅわと熔《と》けていく。

「だ、め……、だめ、こんな…の…っ」

弱音じみた言葉が出た。もう下着も袴もとっくに下までずり下げられている。昭貴の手が股間で動くたびに、くちゅくちゅと卑猥な音が響いていた。なんでだ。自分はこんなにはしたない質《たち》だったか。まさかこの、異様なシチュエーションに興奮しているのだろうか。

「可愛いな、朔」

「んぅ……っ」

股間を弄《いじ》られながらもう一度口を塞がれ、また口腔《こうこう》を犯された。背中から腰にかけてがひくひくと震えてしまう。

（あたま、まっしろになる）

なんで。こんなことされてるのに。

朔は自分の肉体の反応が自分でもわからなかった。まるでずっと昔からこうされるのを待っていたかのように身体が反応する。

「びくびくしてきた――――。もうイくか？」

舌を絡ませる合間の、昭貴の淫らな囁き。背中までが勝手にわななく。

「や、だっ…、イきたく、なんか…っ」

その抵抗がもう口だけのものだということは朔にもわかっていた。快楽の波が、限界近くまでこみ上げてきている。昭貴の指は巧みで、先端の溝の部分をくすぐるように刺激されると、わけがわからなくなりそうになる。

「ん、ふ、う、……っう！」

とある瞬間に、下半身ががくん、と揺れた。どうにか抑えつけてきた愉悦が、殻を破って弾けようとしている。もう止められない。

（でもこれが大事な儀式ならば、感じてなんかいられない）

そう思い留《とど》まり、朔はなんとか踏み留まろうとした。理性の力ぎりぎりでもって絶頂を堪える。

けれど朔の若い肉体は、与えられる快楽にはひどく弱かった。

きつく噛み締めた唇が解け、淫らな声が出てしまう。

「あ、い――――っ、く、ぅうんん…っ！」

昭貴の手の中に朔の白蜜が迸《ほとばし》り出た。その瞬間の、身体の芯が引き抜かれそうな快感に、朔は啜《すす》り泣きめいた嬌声を上げる。

「…ぁ、あ…っ」

「……いっぱい出たな」

掌《てのひら》を濡らすそれを、昭貴はぺろりと舐めてみせた。何か言い返してやりたいが、無理やり絶頂まで追い上げられてしまった朔は、彼を睨み返すことだけで精一杯だ。

「もっ…、離せよ」

皆川の祝詞はまだ続いている。この祈禱はいったいいつまで続くのだろう。頭の芯がくらくらして、身体の震えが止まらない。だが昭貴は、さらなる残酷な宣言を朔に与えた。

「何言ってるんだ。これからが本番だ」

昭貴は朔に覆い被さり、舌先を伸ばして胸のある部分を舐め上げてくる。

「ひゃっ」

ビクン、と上半身が震えた。昭貴は朔の乳首に熱心に舌を這《は》わせている。その動きは、柔らかい乳暈に埋まった突起を、穿《ほじく》り返そうとしているようだった。

「んっ、う、うぅう…んんっ」

飛び上がるような刺激が朔を襲う。先日、風呂で自分で触った時とは段違いの感覚だった。昭貴はちゅ、ちゅ、と何度も乳暈を啄《ついば》むように口づけた後、ちゅうっ、と音を立ててそこを吸い上げてくる。中にある突起を硬くし、勃起《ぼっき》させるためだ。

「あ、ああ、や…め…っ」

「この陥没、びんびんに勃たせて思い切り弄くってやるからな」

「――――〜っ」

いやらしいことを言われて喉が鳴った。舐められていないほうの胸は、乳暈を撫で回すように指の腹で刺激される。胸の二箇所がそれぞれ違う刺激でじんじんと脈打ち、身体の芯へと響いていく。

朔の乳首はやがて少しずつ硬くなり、乳暈の中から顔をのぞかせてきた。

「ああ、出てきた。可愛らしいな」

普段は埋もれている朔の胸の突起は、外部の刺激に慣れていない。こんな状況で責められてしまったら、自分はどうなってしまうのだろう。

快楽の予感に怯える朔だったが、それはむしろ昭貴の望む状況なのだ。彼は外気に触れて戦《おのの》いているようなそれを、口に含んで優しく吸った。

「ア――――…、あぁあっ」

朔の口から無意識の喘《あえ》ぎが出る。胸の先から電流が走って、腰の奥をダイレクトに直撃した。痛いほどの疼《うず》きと快感が肉体の奥からこみ上げる。

「んっ、はっ……あ、あっ」

今や完全に勃起して露出した乳首は昭貴の舌先で転がされた。まるで芯を持ったように硬くなったそれは、彼がくびり出すように摘んだ指を離しても乳暈に戻らない。

「あ、ううっ…、あ、や、あぁああ」

朔は大きく背中を仰《の》け反《ぞ》らせ、声を殺すことも忘れて喘いだ。

（きもち、いい）

腰が勝手に動く。さっき射精したばかりの股間のものも、再び勃ち上がって先端を濡らしていた。

「いつも埋まってるから、すごく感じやすいんだろ？　いやらしい色になって、ぷっくり腫《は》れてきている」

「っ、あっ」

朔の乳首はさんざん刺激され、卑猥な朱色になって膨らんでいる。まるで神経の塊のようになっているそれを、昭貴の舌と指が容赦なく嬲《なぶ》っていった。

「う、ううっ、も…っ、そこ、や、め…っ」

「ん？　じゃあ反対側な」

昭貴はそれまで指先で転がしていたほうの乳首を口に含んで吸った。ねっとりと舌を絡められ、弾かれて、身体中にぞくぞくと震えが走る。

「んんぁあああ……っ」

大きく浮き上がった朔の腰で反り返る陰茎から、再び蜜が迸った。胸を弄られて達してしまったのだ。けれどそのことに動揺する余裕など朔にはない。お構いなしに続けられる執拗な乳首への愛撫に、とうとう啜り泣きを漏らしてしまう。

「あっ…、あー…っ」

「泣くほどいいか？……じゃあ、もうすぐだな」

何が？　と頭の隅に疑問が浮かぶ。なのにそれを問い質すことすらできない。さっきから乳首がずきずきと疼いて、むずがゆい感覚に悩まされている。

（なん…だ、これ……？）

乳首でイったからだろうか。心臓の鼓動に合わせて、身体中がどくどくと脈打っている。何かがこみ上げてきそうなそれの正体を、朔は知ることができなかった。なのに、肉体は次に起こることに備えて勝手に準備をしはじめる。

「あ、あ、出……ちゃ…っ」

また射精してしまうのだろうか。いや、少し違う。まだ感じたことのないこれは。

「や、やめっ…、あき、たか、なんか…っ、何かへん、だから…っ」

快楽に怯えて哀願する朔を、彼は優しく抱き締めた。安心させるように頭を撫でられて、ふと朔の身体が緩む。

「大丈夫だ。朔」

俺はずっとこの時を待ってたんだから。

彼がそう言った次の瞬間、両の乳首を指先でぐっ、と押されて、深い快感が走った。そうして体内で何かが弾けた、と知覚した時、それはやってくる。

「あ、ああ、あ――……！」

それは射精の感覚に似ていた。いや、そのものだった。

だが何かが違う。

「……やった」

「――……ぁ」

朔は少しの間状況を理解することができなかった。身体がひどく気怠《けだる》くて、身じろぎをするのも億劫だ。

「皆川さん、朔はやりましたよ。やっぱり彼は、俺の花嫁だった」

皆川の祝詞がぴたりとやむ。何かただならぬ様子に、朔はやっとのことで首を傾け、自分の身に起こったことを目の当たりにした。

「……え」

ぴんと勃った乳首の先端が白く濡れ、そこから同じ色の液体が飛び散っている。まるでそれは精液のようだった。

——なんで、こんなところから。

自分は乳首から射精したというのか?

「——『白の例祭』は成功したようですね」

皆川は祭壇の上の杯を手にすると、それを持ってこちらへ近づいてくる。昭貴が杯を皆川から受け取り、それを朔の乳首へと近づけた。

「や、——あ」

「じっとしてろ」

達した後に触れられると、感じすぎてつらい。そんなところまで一緒だった。

昭貴は杯に朔が胸から出した蜜を少し取り、それを皆川に返す。朔はその様子を息を乱しながら茫然と眺めていた。

「では、儀式の仕上げを」

「ああ」

皆川がその杯を再び祭壇に置き、また低く祝詞を唱え出す。すると昭貴が朔の両脚を抱え上げ、双丘の狭間《はざま》をゆっくりとまさぐってきた。

「うう、あっ」

秘所に彼の指が入ってくる。そんなところに異物を受け入れたことなどないのに、じんじんと脈打つ身体は快楽だけを伝えてきた。二本の指が中を拡《ひろ》げるように内壁をまさぐり、その場所を解《ほぐ》していく。

「もっ…、や、やだ、あっ」

自分の身に何が起きたのか朔には理解できず、なのに次々に与えられる悦楽に、身も心も限界に来ていた。

「もう少し我慢していろ。あとはお前にこれを入れて、中を満たしてやれば儀式は終わる」

「な…んで、こんなことっ……！」

「本気で言ってんのか、それ」

昭貴はどこか呆《あき》れたような口調で朔に言う。そんな表情をされる謂《い》われはないと主張したかったが、迷いのない彼の瞳を見て、もしかして彼にここまでのことをさせたのは自分なのかもしれない、と思った。

「俺はずっとずっと、お前が欲しかった。それが叶うんなら神様にでもなんでも縋《すが》るさ」

「っ――――う」

ずるりと指が引き抜かれて、その感触にすら鳥肌が立った。両脚が大きく広げられて、膝が胸につくほどにひどい格好をさせられる。

(犯される)

幼なじみだった彼に。

彼はいったいいつから、自分にこんなことをしたいと思っていたのだろう。

「入れるぞ」

「あっ……」

押し開かれた最奥の場所に、彼の凶器の先端が押しつけられた。駄目だ、怖い、と思っているのに、そこは昭貴の熱を感じてはしたなく収縮する。

「ん、あ、んくぅう……っ」

ずぶずぶと音を立てて彼のものが侵入してきた。経験のない場所にはさすがにその大きさは苦しく、朔の顔が甘い苦悶《くもん》に歪《ゆが》む。だが、肉体の奥底に蕩《とろ》けるような愉悦があった。

「や…っ、あ、おっ、きぃ……っ」

どくどくと脈打つ灼熱《しゃくねつ》の棒は、朔の奥の奥までも遠慮なく犯してくる。張り出した先端が内壁を擦っていくたびに、背筋が痺れるような感覚が走った。唇が震える。

「……朔……」

昭貴もまた、容赦のない朔の締めつけにどこか苦痛を感じているようで、耐えるような表情をしていた。だが吐く息が熱い。

「力抜け、朔」

「…っむ、り……っ」

縛られた手でなんとか昭貴の身体を押し返そうとしてみたものの、結局それはあっさりと退けられてまた頭の上に押さえつけられる。

「痛いのか？　でもおまえ、また勃ってるぞ」

朔の股間のものは挿入の刺激でまた硬く兆していた。自分の身体の浅ましさに唇を噛む。

「可愛いな」

そんな嬉しそうな顔をするな。

罵倒は言葉にならず、彼が自分をすべて入れてしまうと、内壁が勝手に絡みついていった。

「ふ…あ、くっ…」

息が苦しい。身体が燃えるようだ。自分の肉体は、いったいどうなってしまったのだろう。

「動くぞ」

「あぁっ」

平気そうだと判断したのか、昭貴はゆっくりと朔の内部で動き出した。長大なものでずるり、と媚肉《びにく》を擦られて、ぞくぞくと肌が粟立《あわだ》つ。

「うっ……！」

痛みという痛みはない。苦しさはあるが、それはすぐに快楽に上書きされていった。昭貴は注意深く朔の中を男根で突き上げていったが、その動きが次第に大胆になっていく。そして信じられないことに、朔の身体はそんな仕打ちを受け入れていってしまっていた。

「あ、は……っ、うう…っ」

朔が感じるごとに、自分の中がうねるように蠢《うごめ》いていっているのがわかる。それは昭貴のものを思う様締め上げ、その形状と硬さを味わっていった。

「気持ちいいのか？」

「ち、が…っ」

問われた朔は嫌々と首を振る。けれど昭貴にはわかってしまっているだろう。この身体が、男に犯されて快感を得てしまっていることを。

「こうしたら……どうだ？」

昭貴が腰を回すように動かす。男根で内部をかき回すように抉《えぐ》られて、つま先まで甘い毒のような痺れに包まれた。

「はっ、ひぃ…ぃっ」

「すごいな……、よく、締まる。気持ちいいよ」

感に堪えない、といったふうに呟く昭貴は、もう手心は不要と判断したらしい。男根が抜けるぎりぎりまで腰を引くと、また一気に沈めてきた。

「あぅう……っ！」

朔の腰がびく、びく、と揺れる。こんなこと、他の誰ともしたことがないのに、もう卑猥に腰を使ってしまっていることが死ぬほど恥ずかしかった。押し寄せる甘い屈辱。到底許せない行為を強いられているのに、火照った肢体は昭貴を受け入れていた。

それは自分が、彼の花嫁とやらなのか。

「ち…がう、ちがっ……」

もう、何に対して違う、と言っているのか、朔にもわからなくなっていた。

昭貴が腰を使うたびに、それをくわえ込む朔の秘部からは、ちゅ、ぐちゅ、と耳を覆いたくなるような音が漏れている。朔は顔を真っ赤にし、嫌だ、音を立てるなと彼に訴えた。

「いやらしい音立ててんのは俺じゃない。お前だ」

そんなふうに煽《あお》られてまた昭貴のものを締めつけてしまう。媚肉は痙攣《けいれん》のように震え、彼から熱い精を絞り取ろうと蠕動《ぜんどう》した。

「ああ……、俺ももう限界だ、朔」

「ふ、う、ううっう…っ」

中に出されてしまったら、きっともう元には戻れない。取り返しのつかないことになる、という予感があった。だったら死にものぐるいで抗わなければならないはずなのに、朔にはもう、その力がない。

「出すぞ…っ」

「やっ、あっ、あぁぁあっ」

昭貴の動きが速くなり、それに伴って内壁の蹂躙《じゅうりん》も激しくなった。朔の汗に濡れた肢体がひくひくと痙攣しだした時、とうとうその瞬間が訪れる。

「く、う……っ」

「あ、あ、あぁあっ！　あ、熱っ……」

内壁に叩きつけるような、灼熱の飛沫《しぶき》。それは朔の中を濡らし、体内へと染み込んでいく。

二度と消えない、契りの証《あかし》として。

「ふあ、あ――――…っ」

意識が真っ白に塗り変えられる。奥まで注《そそ》がれ、溢れるくらいに満たされた朔は、自分もまた何度目かの絶頂へと放り投げられた。

聞き慣れた、鳥の囀《さえず》る声でふと目を覚ます。

目を開けた時、そこにはいつもの自室の天井があった。

(――夢か……)

それにしても、とんでもない夢だった。

五十年に一度の例祭に臨んでみれば、昭貴の花嫁になれと言われ、妙な香を嗅がされて気を失った後、縛られて犯された。しかも、妙なことに胸から精液のようなものまで出た。

(そんなこと、あるわけがない)

例祭は今日だろうか。今度こそきちんと勤めなければ。でなければ、死んだ父や母に顔向けができない。

朔は布団の中で伸びをし、寝床から起き上がろうとした。

「――?」

その時、朔は身体に違和感があることに気づく。体内の奥に感じるそれは夢の中でのある行為と直結し、たちまち表情が凍りつくのを自覚した。

――まさか。

恐る恐る起き上がり、身体を確かめるために寝間着の帯を解こうとする。すると両の手首に、うっすらと残る赤い跡を見つけた。

「な……」

夢の中で朔は両手を布で拘束されていた。そして腰の奥に残る違和感と、身体に色濃く残る気怠さ。それらが、昨夜《ゆうべ》の一連の出来事が夢などではないということを示していた。

「…っそんな、あるわけ…っ」

朔は寝間着の前を慌ただしく開ける。自分の胸を恐る恐る見下ろしてみたが、そこにはいつもの通り、突起が乳暈に埋まってしまっている乳首があるだけだ。どこかホッとしながらも、朔は自分の指をゆっくりとそこに近づけて、そっと触れてみる。

「――――っぁ」

ツキン、とした疼痛《とうつう》があった。思ってもみなかったその甘さに、思わず声が出てしまうほどの痺れ。その感覚は、明らかに昨日までのものとは違っていた。

「……っ」

手が震える。呼吸が乱れて、朔は両腕で自分の身体を抱き締めるように縮こまった。

――昨夜、この身体に何かが起きた。

もう認めざるを得なかった。夢だと思っていた出来事は、すべて現実なのだと。

拝殿へ行ってみようかという考えがちらりと浮かんだが、それはとても恐ろしいことのように思えた。

（けど、いつまでもこうしているわけにも）

朔は神職だ。勤めとして、拝殿に行かないわけにはいかない。しばらくの間そこで躊躇していると、ふいに部屋の外から誰かが廊下を歩いてくる音がする。この家には今は朔一人しか住んでいない。そうして朔は、その足音が誰のものなのか、長年のつきあいでわかってしまっていた。

「――――」

ガラリと襖《ふすま》が開く。

「……昭貴……」

そこに立っていたのは昭貴だった。彼は昨夜見た白い袴ではなく、昼の例祭で見たスーツを身につけている。朔はそんな彼を寝床から見上げ、乱れた寝間着の胸元をかき合わせた。

「そんなに全身で警戒しなくともいいだろう」

昭貴が苦笑しながら部屋に入ってくる。どうしてお前がここにいるんだ、とは聞かなかった。彼が今存在するということは、昨夜の出来事が現実だったということを念押しすることになる。

「なんで、あんなことになったんだ。俺をはめたのか」

「ハメたには違いないだろ？」

卑猥な冗談に朔がぴくりとも表情を動かさなかったのを見ると、昭貴は苦笑を浮かべつつも朔の目の前に腰を下ろした。

「お前に何も情報を入れるなと皆川さんに言ったのは俺だ。俺自身も、どうなるのかわからなかったからな」

それでも彼は朔を抱くためにあの儀式に臨んだ。そして彼は、賭《か》けに勝ったのだ。

「俺はいったいどうなったんだ」

「伝承によると、『白の例祭』で選ばれた氏子に捧げられた女は、その白き蜜を氏子に与えながら幸せに暮らしたそうだ」

それはめでたしめでたしの展開だ。もしかしたら昔は、母乳が出る時期の女を選び、氏子に与えたのかもしれない。だが、昨夜の朔は、確かに胸から白い液体のようなものを迸らせた。そんなことは普通ありえない。

「俺、なんか病気なのかも……」

「その可能性、潰《つぶ》しとくか？」

昭貴には確信があるようだった。

「検査受けに行くなら、いつでもつきあうぜ。一人じゃ行きにくいだろ？」

男にも乳腺自体はあるので、受診するのなら乳房外来だろう。女性が多いだろうことは、想像に難《かた》くない。昭貴は自分に責任があると思っているのか、朔の不安に理解を示すような態度を見せる。まるで旦那《だんな》気取りのようなのが気に入らない。

「知り合いで乳房外来にいる奴がいるから、そっち紹介してもいいけど」

「検査結果をごまかすんじゃないのか」

「あのな」

朔が突き放すように言うと、昭貴は少し怒ったような声で言った。

「もしもお前が本当に病気だとして、それをごまかしてどうする。そいつだって信用問題だし、俺が病気のお前を放置すると思うか」

「……………」

確かにそれは、少し考えればわかりそうなことだった。昨夜のことがあまりにショックで、朔はらしくない言葉を発してしまったような気がする。

「そうだな、ごめん」

謝ってから、朔ははっと気づいた。

「……なんで俺が謝らなきゃならないんだ？」

「その通りだよ。お前は悪くない。ただのひとつも」

昭貴が手を伸ばしてくる。朔はびくりと肩を震わせたが、彼の手が触れるにまかせた。大きな手が髪に触れ、頬を擦ってくるのをぎこちなく受け止める。嫌悪感はない。だからよけいに厄介なのだ。

「なら、予約入れるか。早いほうがいいだろ、お前的にも。いつがいい？」

「例祭終わったからいつでもいい」

目の前で昭貴が携帯を取り出した。彼が知り合いの医者とやらと話している間、朔はともすれば混乱する思考をなんとか取りまとめようとする。

だいたい、なんだってこんな普通に昭貴と話しているんだろう。

昨夜自分が受けた仕打ちを考えれば、もう顔も見たくないと思っても不思議はないのではないか。

「明日、空いた枠が出たっていうから、いいか？」

「ああ」

なのにこんなことすら彼にまかせてしまっている。

自分はいったい彼とどうしたいのだろう。

昭貴のことは嫌いではない。少々変わり者だけど、大事な幼なじみだと思っていた。でもそれは朔だけだったのだろうか。昭貴はずっと、朔とあんなことをしたいと思っていたのだろうか。

（――――今さらだな。こいつはずっと前から、そう言っていたのに）

本気にしなかったのは自分のほうだ。なんだかんだ言いつつ、昭貴は朔の意志に反したことはしないだろうと高を括っていたのだ。

でも彼は違った。毎日神社に通いつめて祈願をし、その意志の力でとうとう思いを遂げてみせた。

(けど、あんなこと、俺が許してやる道理もないはずだ)

「どうした?」

携帯をしまいながら聞いてくる昭貴は、まるで悪びれていないようにも見える。

「……俺は許したわけじゃないからな」

ここで甘い顔を見せたら駄目だ。朔はそう思って、断固とした対応をとることにした。

「その話は、検査結果が出るまで保留にしとこうか。あれが神様のなせる業だったのかどうか、それによって俺の対応も決まる」

「まさか、本気で言ってるわけじゃないだろうな」

「何が?」

「俺を嫁にする……とかなんとか……」

自分で言っていて恥ずかしくなる。そんなことを昭貴が何年もかけて祈願していたなんて、正気を疑うほどだ。

「本気じゃなかったからなんなんだよ」

「だからってあんなこと……!」

「お前は俺の言葉なんかぜんぜん本気にしてなかったろ。いったい何したらあの状況をひっくり返せたっていうんだ」

昭貴の言葉に、朔はぐっと言葉に詰まった。

「神頼みでもなんでもよかったんだよ。お前が手に入るなら」

ぬけぬけとよくもそんなことを言う。

朔が呆れながらふいと顔を逸らすと、突然大きな手が伸びてきて顎を摑まれた。突然のことに抵抗できないでいると、いきなり視界が暗くなって唇が塞がれる。

「んっ……、ん」

昭貴の舌には、もう遠慮がなかった。我が物顔で朔の唇をこじ開け、口中をかき回すように舐め回してくる。

お前は俺のものだと言うように。

「っ……ぅ」

そして朔は、自分の中から昭貴を殴ってでも押し留めようとする力が、どういうわけかなくなっていることに気づいた。

悔しいとは思う。けれど、彼のすることに最終的に逆らいたくない自分がいた。そしてそんな朔を躾《しつけ》るみたいに、昭貴の器用な舌は朔の性感を煽っていく。

「ふ、ぅんっ……」

「朔……、ほんとにお前は可愛い。食べてしまいたい」

ちゅうっ、と舌を吸われ、ぞくぞくした波が背中を舐め上げた。

(どうなるんだろう、俺)

わけのわからない状況に放り投げられ、幼なじみの好き放題にされている。そんな不安の中で、少なからず頼れる者は当の昭貴しかいないという状況だ。

(変えられていく)

それだけは自分の中で確実にわかっていることだ。いや、すでに変えられているのかもしれない。

朔は身体の力が徐々に抜けていくのを感じながら、彼の狼藉《ろうぜき》をその身に許した。

「――――どういうことですか」

昭貴が帰ると、朔は少しためらってから電話を手にし、皆川のところにかけた。どうしても確かめたいことがあったのだ。

『ああ、朔さん、昨夜はお疲れ様でした。大変でしたね』

しれっとした物言いに、ぐっ、と言葉が詰まる。

『どうやら儀式は成功のようです。あなたは正統な花嫁ではないので少しばかり心配でしたが、結果オーライということでしょうね』

「あっ……、あんなことをするなんて、聞いてませんでした！」

朔が気になるのは、もしかして自分が騙されているのではないかということだ。皆川と昭貴が結託し、朔を陥れたのではないかという疑いも捨て切れていない。

『何をおっしゃっているんですか？　ちゃんと証明されたではないですか』

朔の胸からは、確かに白蜜が迸った。だが、それはまだわからない。もしかしたら何かの疾患だということも考えられる。だが皆川は、本気でそう思い込んでいる様子だった。

『朔さん、私は今とても感動しているんですよ』

「……何をですか」

『あそこまではっきりと神のなさることを見ることができましたから。今回そちらの担当になって幸運だったとさえ思っています』

皆川の口調に喜悦のようなものを感じ取り、朔は少しだけ引いてしまった。けれどその純粋さは、少なくとも朔には何かを謀《はか》っているようなものは感じられない。

『正直なところ、正統な花嫁をもってして儀式を行ったとして、あのような結果が出るとは思ってもみなかったのです。朔さんのお姉様は、母乳が出るような状態ではなかったでしょうし』

「っ……」

あからさまに言われると、恥ずかしさがこみ上げてきた。けれどそれを皆川に気取られるのは癪《しゃく》で、朔は平常心を装う。だが皆川は朔の態度などさほど気にしてはいないようだった。

『けれどあなたはそれをなし得た。これはすごいことですよ』

「……そうでしょうか」

朔は自分が丸め込まれているのではないかとちらりと思う。

『ええ、私も数々の祭祀を見てきましたが、ここまではっきりと形になるケースはそうありません。自信を持っていいですよ』

どういうことだと抗議するつもりで電話したのに、どういうわけか励まされてしまった。

朔は腑《ふ》に落ちない思いのまま電話を切る。
(皆川さんは、昭貴に協力していたわけではない)
朔は実感した。皆川は本当に、祭祀に興味があるだけなのだ。
(じゃあ、本当に俺が『花嫁』に――――?)
昭貴の、花嫁。
その言葉の意味するところをとても受け止めきれなくて、朔はぶるっ、と首を振る。
まだその気になるのは早い。
いくら自分が神職でも、この現代でそんなことがそうそうあるわけがないのだから。

「よかったな。なんともなくて」

洒落《しやれ》たイタリアンレストランでナイフとフォークを動かしながら、朔はやけにのんびりとした昭貴の声を納得のいかない思いで聞いていた。

時刻は三時を過ぎたあたりだ。遅い昼食だが、まだ周りはランチの客で賑わっている。

「安心したよ。おまえの身体がなんともなくて」

「……納得がいかない」

「なんだ。病気だったほうがよかったってのか？」

「そうじゃない。けど……」

予約していた乳房外来での検査はその日のうちに結果が出た。

問題なし。まったくの健康体。

病気であればよかったとは決して思わないが、そうでないのならあれはいったいなんだったのだろう。医師には乳首から何か出たなどとはひどく言いづらかったが、横にいた昭貴が言ってしまった。すると、逆に若いのに感心だと褒められていたたまれないことこのうえなかった。検査も微妙に恥ずかしかったし。

「なら、あれはいったいなんだったんだ」

「そりゃお前、神様が俺のためにくれた花嫁のミルクだろ」

朔は次の瞬間フォークを突き出し、昭貴の皿の上のフォアグラを突き刺した。

「あっ、おい、それ俺の好物……」

構わずに口に入れて咀嚼《そしゃく》する。彼が、好きなものは後から食べるタイプだと知っていての所業だった。自分もそのノリで、何年も待たれていたのだとしたら癪に障る。

「うまいな、これ」

「……そりゃよかった」

微妙に情けない顔をする昭貴に、少しだけ意趣返しができたのだろうか、と思った。

「俺、これからどうなるんだ」

病気の可能性が潰れた以上、神託なのだと信じざるを得ない。自分は仮にもあの神社の神職だ。御祭神の御心に従わないわけにもいかなかった。

「わかってるだろ？」

「……昭貴のものになればいいのか」

「神社と土地の氏子のために、俺のいいなりになってたほうがいいぞ？」

そう言う昭貴は本当に嬉しそうで、朔は怒りよりもどうしてここまで、という疑問のほうが大きくなってきていた。

「露骨に脅迫してきたな」

「どれだけこの日を待ってたと思ってる」

「御祭神がなんでお前の願いを聞き届けたのか不思議だ……」

はあ、とため息をつくと力まで抜けていくようだ。どうしてだろう。半分騙されるようにしてあんな目に遭わされたというのに、それほど憎む気にもなれない。

「――――エッチなことはする。けど大切にもする。俺の嫁になってくれないか」

急に真面目な口調でそんなことを言われて、朔は思わず俯《うつむ》いた。今、絶対に顔が赤くなっている。こいつ、何馬鹿なこと真剣に言ってるんだ。年上のくせして。

「……っ、勤めは、果たす」

こんな変な身体になってしまったのは、きっと何か意味があるんだろう。そもそも姉が他の男と結婚しなければ、それは彼女の役目になっていたという。

その場面を想像した時、朔の胸の奥がちくりと痛んで、そのことにさらに驚いた。

「俺も楢銀杏神社の神職だ。覚悟は決めた。御祭神が俺を選んだのなら、それに従うしかないだろう」

人がやっとの思いで決心したというのに、朔の返答に、昭貴は微妙に物足りなそうな顔をする。

「それだけ?」

「まだ何かあるのか」

「儀式で決められたから、俺の言うことを聞くのか？」

「勘違いするな。俺が従うのはお前じゃない。神託を下された御祭神にだ」

勢いで一気にそう言ってしまった時、微かに昭貴の表情が歪んだような気がした。思わずぎくりとして彼の目を探ると、それは一瞬で立ち消えてしまい、もうわからなくなる。

（なんでそんな顔するんだ）

ずるいと思った。人を無理やり犯したのはこいつなのに。どうして俺が後ろめたいとか、言いすぎたとか思わないといけないのだ。

「……ま、いいや、それでも」

昭貴は切り替えたように口調を明るくする。

「それじゃ、この後は俺の家に行こうか」

そこで何をするのかは決まりきっている。朔は今のこともあって憎まれ口を叩くこともできず、皿の上の鶏肉にナイフを入れた。

　昭貴の実家は神社と同じ町内にあったが、彼は少し離れたところのマンションに住んでいた。戸数は十戸ほどで多くないが、ここも彼の実家の会社の持ち物で、昭貴はその最上階に住んでいる。そしてここは、彼の実家よりも神社に近かった。

　広めの2LDK。彼がここに住み始めたのは三年ほど前なので、朔はまだこの部屋には足を踏み入れたことがない。

　そんな初めて入る男の部屋の寝室で、朔は裸に剝《む》かれてベッドに転がされていた。

「う、んん……」

　たっぷりと舌を絡めてのキス。それで朔の身体から力が抜けた頃に、昭貴の手が身体中を這っていった。

「この間よりも気持ちよくしてやるからな」

　恥ずかしいから、そんなことは言うな。

　答えずにふいと顔を背けると、昭貴は微かに笑って朔の両脚を開いてきた。

「上と下と……、どっちを先に射精させて欲しい？」

「す、好きに……、しろっ」

「じゃあ、この可愛い陥没からいこうか」

昭貴は両手の指先で、まだなめらかな朔の乳暈をすり、と撫で上げる。

「っ」

たったそれだけで、身体の中から妙な感覚が生まれた。昭貴はじっくりと責める構えなのか、指の腹だけでしばらくそこを円を描くように撫で回している。

「……っ」

少しの間なら耐えられたが、そのうちに乳暈の奥からじん、とした痺れのようなものが湧き上がってくる。胸の中に芯のようなものが生まれて、それが次第に硬くなっていくのを感じた。

「……少し、こりこりしてきたか？」

「は、あっ！」

二本の指先で乳暈を広げるようにされて、わずかに顔を出した突起の頭をくすぐるように刺激される。朔は思わず両手で自分の頭の横のシーツを握り締めた。前の時も似たようなことをされたが、どうやって感覚を逃していいのかわからない。

「朔のここは、普段隠れているからすごく敏感なんだな」

「ア、っ、…は…っ」

少しずつ露出してきた乳首を昭貴の指先で優しく卑猥に弄られるたびに、堪えきれない声が漏れた。彼の言う通り、いつも乳暈の中に埋まっている朔の乳首は、刺激に慣れていない。だからほんの少しの愛撫すら耐えられなくなり、快感を得てしまうのだ。

「ん、ん…くう」

「でも、少しずつ大きくなって……、勃起してきた」

何度も突くように虐《いじ》められ、そのたびにシーツから背中が浮いてしまう。

「こうされるの、気持ちいいだろう?」

いやらしいことばかり言われて、昭貴を睨みつけようとしたが、視界が潤んでいた。これでは彼を喜ばせるだけだと悟った朔は、もうその目を力なく閉じる。すると、彼が身体の上に覆い被さってくるような気配がした。ひょっとして、と思った瞬間に、これまでで一番強い刺激が乳首を貫く。

「んっ、ふぁっ!」

ちゅうっ、と音がして突起を吸い上げられていた。それは吸引されたことによって完全に乳暈から露出し、昭貴の口の中で震える。

「あ、ひぁ…っ、ぅう、んっ、……ん〜〜っ」

吸われると感じすぎて少し痛い。けれど、その後で宥《なだ》めるように乳首を舌先でそっとくるまれると、背中がぞくぞくとわなないた。

「……勃ってきた…。硬くなって……」

「ああっ……」

そっと歯を立てられて、朔はとうとう耐えきれずに啜り泣いてしまう。これまで特に意識もしていなかったものが、こんなに感じる場所だったなんて。

「……や、あたま…、へんに……っ」

弄られているのは胸だというのに、脳髄と腰の奥に、直截《ちょくさい》な快楽が走った。思わず腰を浮かせてしまうと、自分の隆起したものに火傷《やけど》しそうな感触が触れて、びくりと大きく腰が跳ねる。

「こっちもか？」

「ひゃっ、あぁ…んんっ！」

それは昭貴の怒張だった。彼のものは異様に興奮したように熱くそそり立っていて、朔のものと触れ合って強烈な愉悦をもたらす。

昭貴は自分を愛撫しているだけで、こんなにも興奮するものなのだろうか。

やがて朔の乳首は完全に露出して、朱く膨らんでその存在を主張する。

「なあ、お前のここってさ」

「ん、んっ」

反対側の乳首をぺろりと舐められ、ビクン、と反応してしまう。

「女のクリトリスみたいだな」

「な、……に？」

卑猥な性器の名称にたとえられ、朔は羞恥で真っ赤になりながら昭貴に聞き返した。聞けばもっと恥ずかしくなるとわかってはいたが、あまりの言葉に気になってしまう。

「いつもは皮に包まれてるけど、剝き出しにしてやって可愛がると、ビンビンになってよがっちまうってとこ」

「……っ、ふざ、けっ……」

思わず彼をはたこうと手を上げたが、力の抜けきっている朔の腕など、彼にはどうってことはなかったようだ。逆に捕らえられ、シーツに縫いつけられる。そうして触れ合った腰を軽く揺すられて、下半身が刺激される。

「あ、は……っ」

「こっちと乳首と、どっちがいい？」

「……っ」

朔は泣きそうになりながら唇を嚙む。昭貴が擦り合わせている性器同士も、下半身が痺れていくような抵抗できない快感を与えていた。じっとしていることができず、ひくひくと腰が蠢いてしまう。

けれどさっきから指と舌で執拗に責められているふたつの突起は、今にもはちきれそうに乳暈からぷっくりと膨らんでいる。それこそ、彼の言うように、女の淫核のようだった。

そこはじくじくとひどく脈打ち、身体の奥から何かがせり上がってきそうになっている。あの時と同じだ。朔は儀式の夜と同じように、ここから白蜜を出してしまうのだろうか。

「や、だ…っ、出すの、やだっ」

「なんで。気持ちよかったろ？」

身体をずり上げて逃げようとしたが、それもむなしくたちどころに彼の下に引き込まれてしまう。そうして、逃げようとした罰だとでも言うように、両方の突起を指先できゅうっ、と摘まれた。

「あふ、うぅんんっ！」

身体の中心に走る重苦しい愉悦。それに耐えきれず、朔は大きく喉と背中を反らしてしまった。その胸の突起を、まるで昭貴に差し出すように。

「そろそろ出そうか？」

指先で強めに弾かれたり、あるいは軽くひっかくようにして弄られる。そのたびに鋭い刺激が背中を通って身体中へと広がっていった。

「あ、あっあっ、も、いじらな……っ」

「だめ。お前がイくまでやるからな」

完全に勃ち上がって尖《とが》った乳首をこりこりと揉まれる感覚はたまったものではなかった。

「ああ、あっひっ……」

仰け反った肢体がぶるぶると震える。昭貴のものと擦られている陰茎の先端からは透明な蜜が零れ、彼が腰を揺らすたびに密《ひそ》やかな水音を響かせていた。

「すごく、気持ちよさそうだ」

昭貴が感嘆するような声で囁く。

(きもち、いい)

朔は自分がもうそれほど我慢ができないだろうということを知っていた。身体の芯が物凄く切なくなり、背中が不規則に痙攣する。

「や、だ、こわい」

「怖くない。気持ちよくなって、出すだけだ」

乳首から射精するということに怯えて縋るように訴えると、安心させるように優しく応《こた》える声があった。そのせいで、ますます堪えられなくなる。

「やあ、ん、で、る…っあっ」

追いつめるように指先で転がしてくる昭貴の手を制するように、弱々しく手をかけた。けれどそれは彼の愛撫を止めるなんの役目も果たさない。

「そら、またここから、たっぷり出せよ」

「ん、ひぃ…っ、んんっ」

乳首が燃えるように疼く。死ぬほど感じさせられているのは胸なのに、腰の奥まで同時に快楽が響いた。

「や…だ、こんな、とこから、出したく、な……っ」

覚悟を決めようとしたのに、思わず弱音を吐いてしまう。快感が激しすぎるからだ。それでも、射精の予感は刻一刻と近づいてくる。

「あ――――、ア！」

びくん、と全身がわなないた。

身体の奥から快楽が弾け、膨らみきった乳首がびくびくと震えたかと思うと、そこからびゅる、と白い蜜が迸る。

「うあ、あ、あ……っ」

乳首には信じられないほどの快感が走った。そこから射精している間、ずっと続くその法悦は、朔から常識や理性といったものを削《けず》り取っていく。

「んんあ、で、出てる、でっ……」

「ああ、出てるよ。朔のおっぱいから、白いミルクが出てる」

昭貴がうっとりとしたように呟き、舌先で乳首から溢れるそれを舐めとっていった。

「あ、ああ！」

達している最中にさらに刺激されて、頭が弾けそうになる。昭貴はそんな朔の煩悶にも構わず、白い蜜を零し続ける突起に舌を絡め、音を立てて吸っていった。朔はもう声も出せずにただ背を反らし、彼の気のすむまで敏感な突起を舌で嬲られ続ける。

「……おまえが出したの、すごくうまい」

「……っ、…っ」

ようやっと昭貴が顔を上げた時、朔の身体はぴくん、ぴくんと不規則な痙攣を繰り返していた。胸の突起は未だにじくじくと疼いていて、甘くあやしい感覚を身体中に広げていっている。

「乳首気持ちよかったろ？」

それを否定するには、朔の肢体はあまりに乱れすぎていた。自分ではよくわからなかったが、どうやら脚の間も射精してしまっていたらしい。それでも直接の刺激なしで極めてしまった陰茎は、まだ満足できなさそうに硬さを残していた。

「大丈夫だって。ちゃんと全部してやるから……」

昭貴の唇と舌が下腹部へと降りていく。朔は何をされるのかを察してしまって、恥ずかしさに脚を閉じようとした。だが、両膝に手をかけられて逆に大きく広げられてしまう。

「あっ……」

「お前がトロトロになるまでしてやるから」

さっきまで乳首を舐めていた舌が、今度は朔の陰茎に這わされた。出してしまった蜜をきれいにするようなその動きに、力の抜けきった腰がピクン、と動く。

「…っう、んんん……」

出した後はひどく過敏になるそこを、舌先がちろちろと舐め上げていった。途端に湧き上がる痺れるような快感は、朔を瞬く間に興奮させ、喘がせる。

「……んっ、は…っ」

「またすぐに濡れてきたぞ。どくどくいってる」

「い、言わなっ……」

自分が卑猥な状態になっていることを指摘され、朔は恥ずかしさに身を灼《や》くような思いを味わった。渋々彼に抱かれるような顔をしておいて、いざ事が始まったら快楽に翻弄《ほんろう》され、泣きながら喘いでいる。それが情けなくて。悔しくてたまらない。

けれどこの快感は抗いようがなかった。今も恥ずかしい場所をそそり立たせ、濡らしながら昭貴に舐められている。やがて彼が一番鋭敏な先端をくわえてじゅる、と吸い上げると、腰から下が熔けていきそうになった。

「あ、あっ、あふっ」

頼りなく宙に投げ出されたつま先がきゅうっと丸まる。さっきからひっきりなしに摑んでいるシーツはもうぐちゃぐちゃだった。

「こっちのミルクも飲ませろよな……」

昭貴の巧みな舌がねっとりと絡んでくる。頭の中がぐちゃぐちゃにかき回されるようだった。

「んぁ、あ、は……っ、い、ぃ…っ」

弱い場所はすぐに見つけられ、執拗に責められる。腰ががくがくと跳ねた。あまりの快感に、自分でいやらしい言葉を口走ってしまいそうだった。

「あっ、ひゃあっ」

突如そこから離れた舌が、朔の最奥の部分に伸ばされる。慎《つつ》ましくすぼまりながらも悶えるように収縮している後孔《こうこう》を撫で上げられ、高い声を上げた。

腰の奥にツン、と甘い疼痛が走る。

「ここも……可愛い…」

「ん、んっ、やぁ…っ、あ、あくぅっ、ああ……っ」

もう、身体のどこが気持ちいいのかわからない。尖った場所は濡れ、奥まったところはあやしく蠕動していた。後ろを舐められる刺激に必死で耐えようとすると、昭貴はまた急に前を深くくわえてくる。

「ん、くぅ――…っ」

腰が浮いた。気持ちのよさと焦《じ》れったさを同時に与えられて、どうしていいのかわからなくなる。男に抱かれるのなんてまだ二回目なのに、自分の淫蕩さが怖かった。

「あ、あ…っ、もう、もうだめっ、く、イくぅう……っ」

屈服の言葉が口から漏れる。昭貴はそれに応え、先ほどまで舌で嬲っていた後孔に、二本の指を挿入してきた。

「んぅあっ！　あっ、あぁ――――…っ」

官能の芯をダイレクトに刺激され、身体の中で快感が爆発する。せり上がる波に為《な》す術《すべ》もなく、朔は二度目の精を昭貴の口中で弾けさせた。

「う、う……っふあ…っ」

奥歯を噛み締めるようにして快感を堪える。何しろ、彼が残っている蜜をすべて出させようと吸い上げてくるので、うっかりとすると悲鳴が上がりそうになるのだ。

「や、ん……っ、も、もうやめ…っ」

出したばかりのものをいつまでも弄るのはやめて欲しい。感覚が研ぎ澄まされすぎて、軽く唇を押し当てられるだけでも下半身全体がビクついてしまうのだ。

そして後孔に入っている指を軽く中で動かされて、また新たな法悦に苛《さいな》まれようとしている。これ以上感じさせられたら、いったい自分はどうなってしまうのか。

「……朔、ここからまた出てるぞ」

「ひっ」

ちょん、と胸を突かれ、朔は短い声を上げて身を捩った。恐る恐る自分の胸を見ると、乳首のあたりが白っぽく濡れている。

「ああ…ぁ」

また、ここから出したのだ。

「やだあ…っ、俺」

自分の肉体の変化についていけない。惑乱し、取り乱しそうになった朔だったが、次の瞬間にぎゅうっと抱き締められて息を呑む。

「大丈夫だ。俺がいるから」

朔をこんな身体にした当の本人が言う。けれど朔を包む胸と腕は、抱かれているとなぜかとても安堵《あんど》を覚えた。

「俺が責任をとるよ」

「…あ、たりまえ、だっ…」

わけのわからない衝動に突き動かされ、朔は昭貴の背にぎゅうっと両腕を回した。汗ばんで熱く、広い背中。

「――――」

昭貴に触れた瞬間、自分の中の劣情にスイッチが入ったようだった。身体が欲しがりだして、腰がうずうずする。

「……昭貴……っ」

彼は名前を呼んだだけで察したようだった。朔の顔にいくつものキスを落としながら、両脚を大きく開いていく。

受け入れるのは二度目だが、不安は残っていた。儀式の時は何がなんだかわからなかったから、抱かれるとはっきり自覚して行為に及んだのはこれが初めてのようなものだ。

それでも、もう準備ができているように収縮する後孔に、昭貴の男根の先端が押し当てられる。

「あ」

じん、とそこから波のような感覚が広がっていった。それに気をとられている間に、彼の凶器が音を立てて侵入してくる。

「うあ、あ」

身体が内から拡げられるような感じ。慣れない異物感の中にはっきりと苦痛とは違うものを感じとり、朔は甘く呻《うめ》いた。

「……すごいな…っ、きつく締まる」

昭貴は乱暴ではなかったが、容赦はしてくれなかった。朔の中に確実に自分を埋め込んでいき、馴染ませる。身体の奥に昭貴が沈んでいくたびに、えも言われぬ感覚が朔を翻弄した。

「ん、んう…っ、あ、あ」

昭貴を受け入れている部分がじんじんする。吐く息が濡れ、唇まで濡れていくのがわかった。舌先で唇を舐めると、口の端から唾液《だえき》が零れていく。

「ああ、おまえ……、すごく、エロい」

急に彼が感極まったように朔に口づけてきた。深く舌が入り込み、舌根が痛くなるほどにきつく吸われる。後孔がヒクリと男根を締めつけた。

「んん……っん」

彼の舌は微かに青く苦い味がする。これは朔の出したものだろうか。そう思った時も、なぜか嫌悪は湧かなかった。

けど、ミルクなら甘いイメージなのに。

これはそんなに美味しくない。少なくとも喜んで舐めるものでもないだろう。

「……お前の味する?」

「まずいっ……て、これっ……」

「でも、興奮するだろ?」

昭貴が軽く腰を揺すって、朔に声を上げさせた。まだ二度目なのに、彼のものが内壁を擦っていくたびに鋭い快感が背中を駆け上がる。身体が浮き上がりそうな感覚に、気がつけば両腕で必死に昭貴に縋りついていた。

「……っあ、あ…っ」

「前の時は俺も余裕なかったけど、今日はお前の感じるとこじっくり探してやるからな」

そう言って彼は探るような腰づかいで朔の中を刺激してくる。ただでさえ慣れない快感でいっぱいいっぱいなのに、反応を窺うようにあちこちを突き上げられ、かき回されるのはたまったものではなかった。

「っ、ひっ、うぅ…っ、あ、あぁぁ…んんっ」

「ん…？　このへんか？」

昭貴の男根の先端が、朔自身が知らなかった場所を抉る。その瞬間、腰骨が蕩けそうになった。

「あっ、や、そこやめ…っ、よせ…っ」

「お前、わかりやすすぎ…、ぎゅうぎゅう締めつけてくる」

そう言って笑うような吐息を漏らす彼の声も、熱く上擦っている。けれど朔にはそんなことを気にかける余裕はもうない。

後ろで感じると、身体中がひとつの性器にでもなったような感じがする。一度そこで快楽を得ると、もうどこに触れられても甘い喘ぎが上がってしまうのだ。

「…っく、ふ…っ、うっ、んっ、あ…ぁあああ」

昭貴が動くたびに、接合部から濡れた音が響いてくる。口元はだらしなく開いて、唾液とよがり声しか出せなくなっていた。

「気持ちいいか？」

彼が何度目かの問いを投げかけてくる。朔はもう、がくがくと頷くことしかできない。

「んっ…、ふ、んう…っ、き、もち、い…っ」

胸から脇腹にかけて、つつうっと何かが伝っていく感触。きっとまた、乳首を濡らしているのだろう。昭貴の望みが叶い、神によって変えられた朔の身体は、彼に抱かれて至るところをしとどに濡らす。

ああ、変わってしまったのだ。

その諦念は、なぜか自然と受け入れることができた。

「ああ…、俺も気持ちいいよ」

また深くキスされて、今度はためらいなく昭貴に舌を絡める。粘膜の接触。体液。それは朔に、頭が沸騰しそうなほどの興奮をもたらしていった。

こんなに深く人と交わったことなどない。もちろん同性相手なんて初めてなのに。

「…っ、ふ、あ、…い、い…っ、あっいいっ、イ、く……っ!」

もっとも深く感じる場所をぐりぐりと抉られ、限界を越えた波がやってきた。物凄い速度で極みへと押し上げられていくのに、泣きながら悶える。

「あ…ぁ、ひ、――――…っ!」

「う、ぐっ…!」

思考が白く染まった瞬間、耳元で昭貴が低く呻く声が聞こえた。同時に内壁に叩きつけられる熱い飛沫。その感覚にすら軽く達して、朔は全身をびくびくと痙攣させる。

（嬉しい）

何も考えられなかったはずの頭に、その言葉が唐突に浮かんだ。

「あ、あ」

（なんで、俺）

惑乱するのはそこまでだった。続けざまの絶頂が体内を押し上げ、身体がバラバラになりそうなほどの法悦に耐える。

長く深い極みに何度も打ち据えられ、鳴き声も掠れかけた頃、朔はようやっと快楽地獄から解放されることを許された。

昔否定したはずの感情が、途方もなく素直に身体中を駆け巡っていくのに戸惑う。肉体が感じる快楽と相まって、朔はどうしたらいいのかわからなくなった。

「……朔」

大きな手が髪をかき上げていく。正気に戻ってしまうと猛烈な恥ずかしさに襲われて、朔はシーツから顔を上げられないでいた。

「俺としちゃいつまでもゆっくりしていって構わないんだが。泊まってくか？」

その言葉にようやっと顔を上げる。上気した頬が少しでも冷めていてくれればいいのだが。

「……いい。朝の仕事が大変だから」

神職である朔の朝は早い。六時には神門を開けなくてはならず、いくらここから近いとはいっても、そうなると昭貴までも早くに起こしてしまうことになる。それに、こういうことをした身体で祭壇の前に立つのは抵抗があった。

「そっか」

彼は無理に引き留めようとはしない。最初は半ば無理やりに朔を抱いたにもかかわらず、こういった部分ではちゃんと譲歩してくれた。

それがまた癪に障る。

「よかったか?」

くしゃくしゃになった髪を撫でつけながら、昭貴はやけに嬉しそうに聞いてきた。朔の痴態っぷりを目にして、それがわからないはずがない。彼は自信があるのだ。自分が朔を、完膚なきまでにめちゃくちゃにしたことを。

「……よかったよ」

朔もまた、あれでは言い訳のしようがないのはわかっている。だから悔しさを噛み締めつつも素直に答えた。

「なんか、ほんとに俺……、おまえのものになったんだな。よくわかった」

「乳首から出したことか?」

「はっきり言うな!」

あっけらかんとして聞き返す昭貴に思わず噛みついてしまう。ありえないことが、自分の身体に起こっている。それを受け入れるのには、まだ少しだけ時間がかかった。

「おまえ、神主のくせして現実的だなあ」

「普通はそうだろ」

神職だからといってオカルトめいたことを鵜呑みにしている者はそうはいないだろう。それとこれとは違うのだ。

「シャワー借りる」

朔は大きくため息をつきながら身体を起こす。あれだけイくと、腰のあたりが物凄く怠いのにスッキリしていた。

「一人で行けるか？」

「平気だろ」

ベッドから床に降り立とうとした時、ふいに膝がかくん、と崩れる。

「――――え？」

「おい！」

咄嗟に昭貴が支えてくれたので、転倒はしないですんだ。反射的に摑んだシーツが身体に絡まる。朔は情けなくもベッド下の床にぺたりと座り込んでしまっていた。

「ああ、腰抜けちまったか」

「…………」

茫然とする朔の前に、昭貴が苦笑しながらしゃがみ込む。

「おまえ、最後のほう覚えてないだろ。あんだけケツ振ってイきまくったら、そりゃあ……」

最後まで言わせずに、朔は彼の口を掌で覆った。けっこう勢いをつけてしまったので、昭貴が痛そうな顔をする。だがそんなことに構っていられない。

「言わなくていい！」

ようは朔がはめを外して、いや外されてしまったがために、下半身に力が入らなくなってしまっているのだ。

「……少し休めば大丈夫だ……多分」

まったく、とんだ醜態を晒《さら》したものだと肩を落とす。自分はそんなに淫乱な質なのだろうか。いや、これはきっと、朔が昭貴の花嫁にされてしまったからだ。

朔が忸怩《じくじ》たる思いを嚙み締めていると、急に身体がふわりと浮く。昭貴に抱き上げられて、慌てて彼の腕を摑んだ。

「ちょ……、おい！」

「俺の責任だからな。連れてってやるよ。ついでに洗ってやる」

「つ、連れてってくれるだけでいい！」

体格差があるとはいえ、軽々と抱えられてしまったのはやはりおもしろくない。この上身体を洗われてしまっては、また何をされるのかわかったものではなかった。

「ええ？　なんでだよ」

朔を抱えて歩きながら、昭貴は一度不満そうな顔をしたものの、すぐに何かに気づいたように口元を緩める。

「さてはお前、なんか期待してるだろ」

「期待じゃなくて警戒、だ」

これは事実だ。今日はこれ以上されたら、本当に帰れなくなる。だがそれは昭貴もわかっていたようで、朔をバスタブのへりに降ろすと、素直に身を引いてくれた。本当の意味で無茶なことはしない男だ。だがそこがずるいと朔は思う。いっそ本当に鬼畜な男だったなら嫌いになれるのに。

だが、ご神託により朔は昭貴に下賜されたようなものだ。自分が彼を拒否する必要が、果たしてまだあるのだろうか。

(好きになってもいいんだ)

それに気づいた時、朔は少なからず動揺してしまう。それを紛らわせるために、シャワーの湯を頭から勢いよく浴びた。

「――どうもありがとうございました」

「いえ、ようこそお参りくださいました」

狩衣《かりぎぬ》を着た朔が、若い夫婦に静々と頭を下げる。母親の胸には生まれたばかりの赤ん坊が大事そうに抱かれていた。初宮参りだから、生後一ヶ月くらいだろう。

赤ん坊は機嫌がよさそうな表情だった。その顔につられ、朔もつい微笑み返す。

「妊娠中にここにお参りに来たんです。だから母乳の出もとてもよくて。今日はお礼参りも兼ねてるんですよ」

「――そうでしたか。きっと、お健《すこ》やかにお育ちになられると思います」

無邪気に報告する若い母親に、朔はそれと気取られぬように返した。自分の事情はともかくとして、元気な命を目にするのは好ましい。この子の行く末に幸せがたくさんあればいいと、朔は素直にそう思うのだ。

その日の祈禱はこれで最後だった。祭壇を片づけ、狩衣を脱いだ後で社務所へ戻ろうとすると、そこに来客があった。

「こんにちは。例祭以来ですね」

「――皆川さん」

神社本庁の皆川は、昭貴と一緒になって朔を儀式に引っ張り込んだ張本人だ。儀式の後、朔は気を失ってしまったので、それから皆川とは会っていない。できるなら、あまり顔を合わせたくなかったというのが本音だ。何しろ彼が祝詞を唱えている間、自分はすぐ後ろで昭貴に抱かれていたのだから。

「今、少しお時間大丈夫でしょうか」

「はい、ちょうど手が空いたところです」

急に現れた皆川に、朔は戸惑いつつも彼を中へと招き入れた。応接室へと通し、木村に茶を出してくれるように頼む。

「ありがとうございます」

「いいえ。あの時は、きちんとご挨拶もできないままだったので」

微妙に皮肉に聞こえたかもしれない。皆川に対し思うところがないといえば嘘《うそ》になるのだが、それは彼の咎《とが》ではないように思えた。が、朔にも感情というものがある。

「朔さんは、怒ってらっしゃいますか」

「……最初はそうだったかもしれません。でも、実際にああいうことになって……。それが本当に御祭神の意志であるならば、勤めなければならないのかな、と」

「賢明ですね。お若いのに」

そう言われて、朔は少し苦笑した。

もしかしたら自分は、少し気負いすぎているところがあるのかもしれない。突然両親を亡くし、神社の命運がいきなりこの肩にのしかかってきた。まだまだ先のことだと思い込んでいた朔にとって、それは必死にならなければやっていけない日々だった。

果たさなければならない役目。それがこの神社と、土地の氏子のためならば、朔の意志など二の次なのかもしれない。

――――二の次？

そう思うと、少し首を傾げる。

自分は決して、嫌々昭貴の花嫁とやらになっているわけではなかった。それを素直に認められないのは、朔の勝手な感情だけだ。

ただ、朔は少し不安なのだ。

変異した身体は彼に抱かれる毎に敏感になっていっている。自分の存在を彼にすべて明け渡す瞬間が心地よいと感じるようになり、それ故《ゆえ》に昭貴に依存してしまうのが怖い。

自分には、守らねばならないものがあるから。

「……正直、少し怖いです」

もしも自分が女だったのなら、ごく普通に彼と婚姻《こんいん》すればいいだけのことだ。けれど朔は本来予定されていた姉の身代わりの、至極イレギュラーな存在なのだ。その立ち位置の不安定さが心許なさを生む。昭貴には絶対に言えないが。

「川久保氏と行為に及ぶのが、苦痛であると？」

「あ……、いえ、いや、いいえっていうか……」

直截に聞かれてしまい、朔は思わず言いよどんでしまった。昭貴はおそらく昔から朔に執心だった事情を皆川に話しているのだろうが、朔の気持ちは彼は知らないはずだ。

言葉に詰まり、赤面して俯いてしまった朔を前に、皆川は低く笑う。

「まあ、なんらかの事情で本来の花嫁であるお姉さんが戻ってくれば、あなたも役目から解放されるかもしれませんね」

「――――え？」

意外なことを聞いて、朔はふと顔を上げた。

「そう、なんですか？」

「授乳とは本来、女性の役目です。それはどう足掻《あが》いても男にできるものではない。ですが、儀式に必要な花嫁が不在だったことと、選ばれた氏子の川久保氏の願いによって、近い位置にいるあなたが選ばれた」

皆川は、儀式が成功するかは、半信半疑だったと語る。

「なので、今からでも他の要因が埋まれば、それはあるべき位置に戻るのかもしれませんね」

「──」

朔はどういうわけか衝撃を受けた自分に気がついた。

この役目から離れられるのなら、それはそれでいいことなのではないだろうか。少なくとも、最初のうちは嫌だと思っていたはずだ。

（だけど、なんで今さら）

「まあ、しかしお姉さんは外国ですか。であれば、他に役目はいないかもしれないですね」

「そう──ですね」

朔はできるだけ仕方なさそうに返事をするように努める。

「というわけで、今日来たのは、少し確かめたいことがあったからなんです」

「なんでしょう」

「あれから川久保氏とは行為を？」

あからさまに聞かれて、朔の顔に一気に血が昇った。

「な、なにを……！」

「花嫁がきちんと『機能』しているか確認したいので」

「確認しないと、何かまずいですか」

「古くから伝わる儀式というのは、土地の力を動かすシステムです。システムは動かさなければ失われる。しかし、失われるだけならいい。まずいのは、一度機能させてしまってから私の言っていることがわかりますか」

想像ならできる。つまり、使わないなら触るなということだろう。

「そうです。川久保氏の強い要望によってあなたは花嫁になれましたが、あれ一回きりというのでは困ります。一度動いた土地の力が働かないと、凶事が起こりかねません」

何度も事故を繰り返す道路や、自殺の名所などは、そういった『システムの不具合』によって起こるものも大きい、と皆川は言った。

「……心配しなくとも、大丈夫です」

あの日から、昭貴は何度となく朔を抱いている。

蜜を出す乳首はそのたびに執拗に吸われ、埋もれている突起を引き出されては刺激され、朔は何度もあられもない声を上げさせられた。そこはどんどん感じやすくなり、今ではほんの少し乳暈を撫でられただけでも、その下の突起はじん、と痺れてしまう。

朔も、自分でも手に負えないほどに。

「まあ、川久保氏のあなたへの執心も並ではなかったようですからね」

「……そう、なんですか？」

「花嫁はあなたでなければ駄目だと。お姉さんがいなくなったと聞いてこちらは儀式を諦めようとしましたが、彼はむしろ積極的にこちらを説得しにかかってきました」

「――」

嬉しさと恥ずかしさが混ざった感情が胸を押し上げてくる。駄目だ。やっぱり望んでいるんじゃないか。あんなこと。

「ちょっと、見せていただいていいですか」

「えっ」

「その、出る場所を」

朔は一瞬ぽかんとし、次に激しく動揺した。この人はいったい何を言っているんだろう。

「……ああ、すみません。これでは何か変質者のようですね」

皆川は自分の言ったことに気づいたのか、やや照れくさそうに肩を竦める。それでも容貌《ようぼう》が渋く整っているので、妙に品があった。

「しかし私も気になるのです。川久保氏がそこまで望むあなたのそこがどんなものなのか」

「……それは、特殊祭祀課としての義務ですか」

「どちらかといえば個人的な興味に近い。けれど仕事に興味を持って臨むのは必要なことです」

詭弁《きべん》とも言える皆川の言葉だったが、ここでうんと言わなければ納得してもらえないような空気だった。

(見せるくらいいいか……？)

恥ずかしいが。

でも少しの間我慢していればいい。それで皆川が納得するのなら。

「見るだけなら」

朔は小袖の前をはだけ、その胸元を皆川の前に晒す。すると朔の向かいに座っていた彼は、立ち上がりテーブルを回って朔の隣に腰を下ろしてきた。

「引っ込んでいるんですね。ここはやはり、刺激させると出っ張るんですか？」

「…………」

真面目な口調でそんなことを言われ、朔はどう答えたらいいのかわからなかった。

「も、もういいですか」

「少し、失礼します」

皆川の手が上がり、衿の内側に滑り込んでくる。茫然としている朔の薄桃色の乳暈に、男の指がそっと触れた。

「！」

びく、と肩が震える。

「ああ、すみません。くすぐったかったですか？」

「……っ」

朔は何も言えなかった。口を開くと、喘ぎが漏れてしまいそうだったからだ。

「まだ柔らかいままですね。もう少し刺激しないと、突起は出てこないか……」

「……っやめ、て、くださ…っ」

朔は声を詰まらせながらも、なんとか制止の言葉を振り絞る。けれどそれも、皆川には届いていないようだった。

「ここを拡げれば、中身が出てきますか？」

「あっ」

乳暈の中にある小さな割れ目に目をつけたのか、皆川はそこを二本の指で開こうとする。

それをされてしまったら、自分は絶対に駄目になる。

そんな予感に怯え、力の抜けかかった身体でどうにか皆川を押し退けようとした。だが、腕が痺れてしまっている。

（まずい、このままだと）

なし崩しになる。

そんな予感がひしひしと伝わってきて、思わず目を閉じた。けれどそこに、今までこの場にいなかった声が響く。

「そこまでにしとけよ」

「！」

「ああ――――、川久保さん」

応接室の入り口に、いつの間にか昭貴が佇んでいた。彼はそれまで朔が見たこともないよ

うな怖い顔をしてこちらを見ている。

「人を舐めた真似《まね》はやめてもらえませんかね」

昭貴の口から出る声は、低く冷たい。

「いや、これは失礼。ちょっと見せてもらっていたんですよ」

皆川は悪びれもなくそう言って、ソファから立ち上がった。その途端に、朔は慌てて小袖の前をかき合わせる。

「こいつが俺の花嫁じゃないって、まだ疑っているのか」

「儀式を正しく遂行し、機能させるのが私たちの仕事ですから」

昭貴と皆川の間で、静かな火花が散ったのが見えたような気がした。いや、正確には火花を出しているのは昭貴だけで、皆川はそれをやんわりとかわしているように見えるのだが。

「では、今日はこれで失礼させていただきます」

皆川は立ち上がって朔に軽く頭を下げた。応接室の入り口で昭貴とすれ違った時、朔は彼が皆川に殴りかかるのではないかとひやひやしたが、彼は皆川を視界の中にも入れていない。

男が出ていくと、昭貴は足早に朔の元へと近づいてきた。その怒気のようなものに思わずビクリとする。

だが、その力強い両腕は、朔を抱き締めるだけだった。

「何された」

「っあ」

昭貴の熱と、硬い身体の感触。それを感じ取っただけで、中途半端に火をつけられたような朔の身体に、本格的な火種がついたような気がした。

「す…少し、見られて、触られただけだ」

「触られた？　どこを」

昭貴は、声が尖るのを自制しているようにも感じられる。多分、朔に八つ当たりをしないようにしているのだろう。その気遣いが少し嬉しかった。

「……お前が、いつも、弄るとこ……」

「ここか？」

するりと袷から入ってきた手の指が、ついさっき皆川に触れられた乳暈を捕らえて軽く撫で上げる。

「あっ」

「少し、芯を持ってる。……感じたな？」

責めるような響きに、火照った顔を思わず反らした。朔が悪いわけではない。そう思うのに、反応した自分にも咎があると思わせる。

「お前は、俺以外の男にここを触られて、感じたんだ」

「……っ」

ああもう、めんどくさい奴。

我慢しても結局八つ当たりをしてしまうなら、最初からそうすればいいのに。

「お前が俺をそうしたんだろ……。こんな、敏感に、させて」

朔は息を乱しながら抗議するように言う。

柔らかかった乳暈が微かに腫れてきた。もうすぐその中に埋まっているものが顔を出す頃だ。

「そうだな。ごめん」

苦笑した昭貴は、どうやら自分が理不尽な嫉妬《しっと》を朔に向けていると気づいたようだ。

「でもやっぱり収まらないから……。お仕置きしてもいいか？」

そんなふうに言う彼は、朔よりも年上のくせに、甘えているようにも見える。

ここしばらくの昭貴との時間は濃密で執拗で、彼の欲というものを身をもって教え込まれたような気がした。

――ずっと我慢していたから、もう止まらないんだ。

失神するまで責められて放心する朔の耳元でそんなふうに囁かれた時は、朔は思わず後悔したものだ。

ここまでこじらせてしまうのなら、あの時さっさと受け入れていればよかったかもしれない。

けれどそれはもう、後の祭りというものだ。

朔は微かに震えている両手で、痛みを堪えているような顔を両手で包み込んで、言った。

「好きにしろよ」

けれど、こんなふうに全部昭貴に投げてしまう自分もまた、ずるいのかもしれない。

自室に連れていかれた朔は袴を脱がされ、小袖以外のものはすべて剝《は》ぎ取られて、後ろ手に両腕を縛られた。かろうじて白い小袖だけが身体に纏わりついている状態だ。

「う、んん…んっ」

畳の上に横たえられた無防備な肢体を、白い筆の先が嬲っている。おろしたてのそれは、筆で字を書くことの多い神社にはいくらでもあるものだ。

「あっ、あっ」

平らな乳暈の上を筆の先端で回すように刺激され、背中がびくびくと浮き上がる。まるで、もっとしてくれとねだっているようだった。

「もうすぐ出てきそうだな」

「……っ」

陥没している乳首が、乳暈の下ではっきりと疼いているのが自分でわかる。きっとほどなくして、それは表に顔を出すだろう。そして、はっきりと露出した突起を思う様嬲られる時の快感は、もう朔の身体に染みついてしまっていた。

「は、ぁ……、はあ…っ」

くすぐったいような、突き刺すような刺激が乳暈の部分からじわじわと広がっていく。

（気持ち、いい）

もう自分の快楽を偽ることなどできなかった。そこにあるのははっきりとした快感で、朔の肉体はそれを悦《よろこ》んでいる。

「ああ、ほら……、飛び出してきた。勃ってる」

「ん、あっ！」

筆の刺激による快感で硬くなり、尖った乳首が乳暈からその姿を現した。女の淫核のようだ、と以前に言われたそれは、まるで粘膜のような卑猥な色をして弄られるのを待っている。

「相変わらず敏感そうな乳首だな」

「……ひ…ぁ…っ」

ちょん、と筆先で突くようにされて、朔は上半身をぶるぶると震わせた。じん、とした痺れが身体中を駆け巡りはじめる。

「根元まで勃たせてやる」

「あ、あ、あぁぁあぁ……っ」

すっかり露出した突起に容赦ない筆責めが加えられた。乾いた筆の先で感じやすい乳首を嬲られるたびに、頭の中をかき回されるような快感が突き抜ける。朔ははしたなく腰を浮かせながら身悶えた。恥ずかしいと思っていても、身体が勝手に動いてしまう。

「あ、や、じんじん、するっ……！」

昭貴の身体を割り入れられ、開かされた脚の間で露《あら》わになっている朔の陰茎は、すでに形を変えて隆起していた。丸い先端の先が気持ちよさそうに潤んでいる。

それでも、そこはまだ触ってもらえない。昭貴は朔を抱く時、必ず乳首から先に射精させるからだ。

下半身のもどかしい感覚と、乳首へと蕩けるような快感。いつもそれを同時に味わわされて、異様な感覚が朔を翻弄する。

「あ、ふっ、ううっ……」

胸の先から湧き上がる刺激が腰の奥へと繋がっていった。同時に乳首がずきずきと脈打ち、出したい、という感覚がせり上がってくる。

「もう、完全に勃起したな」

それまで尖って硬くなった乳首をさわさわと虐めていた筆の先が急にぴたりと止まった。

「あ……っ」

やめないで欲しい。あと少しでそこでイけるのに。

思わずそう口走りそうになった唇を嚙み締める。

はあ、はあと息を乱しながら昭貴を見上げると、彼は何やら企《たくら》んでいるような顔で口の端を上げた。嫌な予感がするものの、今の朔にはどうにもできない。

「おまえ、裁縫道具って持ってたよな。押し入れだっけ？」

繕い物をすることがけっこうあるため、裁縫道具というほどではないが、針と糸くらいは常備している。昭貴は開けるぞ、と言って、部屋の押し入れをがらりと開けた。

目的のものは、菓子の缶に入って押し入れの上段にしまわれている。

「お、あったあった」

「な、なに、するん……」

彼のしようとしていることが想像がつかなくて、朔は思わず怯えた。中途半端に放り出された身体が震える。

「たいしたことじゃないって。ちょっと試したいことがあるんだ」

昭貴は缶の蓋を開け、白い糸を手に取った。彼は糸を適当な長さに切ると、それを朔の勃った乳首の根元に巻きつける。

「な、あっ」

「また引っ込んじまわないようにな」

根元を縛られると、つきん、とした疼痛が走った。血流がより生々しく感じられ、思わず喘いでしまう。

「ああ……っ」

「じゃあ、今度はこっちだ」

　結び終わった昭貴は糸切り鋏《ばさみ》で糸を切ると、再び筆を手にし、今度は反対側の胸を刺激しはじめた。すでに片方の乳首の刺激で芯を持っていたそこは、さっきよりも早く乳暈から突起を現す。

「ふう、ああっ」

　昭貴が筆を動かすたびに、縛られた乳首がずくずくと甘い痛みを訴えた。その苦痛と快楽に、朔の肢体はうっすらと汗に濡れ、白い着物が絡みつく。

「んんあ、い、いた…い、そっち、いた…あっ」

「痛いだけか?」

　昭貴は確かめるように、一度だけ括られた乳首を撫で上げた。その途端、身体の中心を貫くような快感が腰の奥から突き上げる。

「ひぁあっ!」

　どんな声を上げてしまったのか、自分でもよくわからなかった。ただ身体が神経の塊になったように筆のひと撫でに感じてしまい、立てた両膝をがくがくとわななかせる。

「…っあ」

　ずきずきとした疼痛が甘い刺激に変わり、朔は甘い吐息を漏らしてしまった。

「気持ちいいだろう?」

「ん、うっ…んっ…」

頭の中が朦朧《もうろう》として、何も考えられない。こくりと頷く朔を、昭貴は愛《いと》おしげに見下ろす。

「これからもっとよくしてやるからな」

そしてまた片方の乳首を筆で撫でられ、刺激された。むずがゆい、けれどもたまらない感覚に、今度はあられもなく身を捩って快感を訴える。

「ああ……んんっ」

身体中が性感帯の塊になったようだ。声が抑えられなくて、普段の自分からは考えられないようないやらしい声が口から漏れる。

もう片方の乳首もやがて乳暈から顔を出し、一際敏感なそこに筆の先が襲いかかった。

「ああっ、ふっ、はぁあ…あ…っ」

(我慢、できない)

筆でひと撫でされるたびに、朔はびくびくと身体を震わせて紅潮した肌をうねらせる。頭の中はもう、快感を追うことしか考えられなかった。糸で縛られた乳首も、もう片方が感じるたびにずくずくと鋭く疼く。

「あ、も、もう…っ」

「もう駄目か？　ならこっちも縛るか」

「あっ嫌だっ、し、縛らな…っ」

再び糸を手にした昭貴を拒むように脚で身体をずり上げようとしたが、あっという間に引きずり戻されて、朔はさっきのように乳首の根元に糸を巻きつけられた。

「さあ、これでこっちも勃ちっぱなしになるぞ」

「……あっ、ああっ！」

きゅっ、と縛られた乳首は根元から勃ち上がり、両胸で朱く膨らんでその存在を主張している。そして、朔は先ほどからあることに気づいていた。さっきから呼吸を乱し、その衝動に耐えているのだ。

「どうした、朔」

「……う、あ、あ、昭貴ぁ…っ、胸が…っ」

「ん？　そんなにきつく縛ってはいないだろ？」

縛られた乳首を、昭貴の指先で軽く突かれる。

「ふぁあっ」

乳首の先にじん、とした痺れが走った。それと同時に、胸全体がきゅうっと引き絞られるような、異様な焦燥感。

(だし、たい)

朔は陰茎から射精するように、乳首からも射精したいのだ。なのに根元を縛られていて、それが叶わずにいる。そんな自分の状態を思い知らされて、愕然《がくぜん》とした。

「…あぁ…あ、や、これ、とっ、て…っ」

「なんで。ずっと勃ってて可愛いぞ?」

「ち、ちが…っ、だって、出せな…っ」

それを聞くと昭貴は薄く笑って、いきなり朔の両脚を大きく広げる。突然の羞恥に息を呑むと、彼は手にした筆を朔の脚の間に伸ばしてきた。

「ほら、出させてやるから」

「あ、ああっ! ち、ちが、そこじゃ…っ、ア、んっ!」

今度はそそり立った陰茎を筆で撫で上げられる。ようやっと与えられた刺激に腰ががくがくと震えてしまった。

「あっ、あっ、あぁ…ああ…っ」

鋭敏な場所を筆の先で何度も撫でられて、身体が爆発しそうになる。

「こら、そんなに腰振るな」

昭貴の笑いを含んだ声が降ってきた。そんなことを言われても、勝手に動いてしまうのだから仕方がない。

根元から先端にかけて、筆の先が何度も動いていった。その耐え難い細かな刺激に、屹立《きつりつ》したものが苦しそうに震える。先端から零れた蜜が伝って、筆の先を濡らしていった。

「先っぽ虐めたら、お前イっちゃうかな」

「あ…あ、だめ、あっ、あっ!」

ただでさえ泣き出しそうなほどに感じているのに、この上さらに鋭敏な部分を責められたらどうなってしまうのだろう。朔は昭貴の仕打ちに怯えたが、同時にそれを待っている自分にも気づいていた。これまで彼のことを変態だと罵《ののし》っていたが、自分も同じようなものではないか。

そしてそんな朔の懊悩《おうのう》をよそに、卑猥に動く筆が、朔のものの先端を優しくねっとりと撫で上げる。

「ん――――ひ、ぃ、あっ、あぁあああ…っ」

あまりの快感に逃げたいと思っているのに、朔の腰がそれとは反対にせり上がった。

筆の先はすっかり濡れて、剝き出しの粘膜に触れるたびにぴちゃぴちゃと秘めやかな音を立てている。

「お前の先っぽの孔《あな》、パクパク開いたり閉じたりしてるな。たまらないだろ？」

「は…っ、あぁっひっ、やあっ、は、あはぁああ…っ」

あられもない悲鳴にも似た声が朔の口から次々と零れ出た。鋭敏な場所をそんなふうに嬲られたら、理性なんか熔け崩れてしまう。こんな恥ずかしいことをされて、イってしまう。

「あーっうっ…、も、あ、ああ…っく、い、イきそ…ぉっ…」

「イくのか？　こんな筆でイっちまうのかよ」

昭貴の言葉に悔しいとは思いつつも、もうどうすることもできない。筆の先は朔に絶頂を

促すように、先端の敏感な溝の部分を幾度もたどっていっていた。快楽を感じる神経が悶え、とうとう限界を越える。

「あぅう、ふ、う、んひぃい……っ！」

筆の先がその小さな蜜口に触れた時、そこからぴゅる、と白い蜜液が弾けた。

「あ、あ、ああ……っ」

狭い精路を愛液が通過していく時の感覚が、たまらなくいい。朔ははしたないくらいに腰を振り立てて熱い絶頂に耐えた。

「……すごくたくさん出たな」

「……っう、ふうぅ……っ」

余韻に啜り泣く朔に感心するように彼は言う。朔は確かに精を放ったが、今は他にも解放を待ちわびている場所があった。

「……っあき、たかぁ…っ」

絶頂直後の異様な疼きに息も絶え絶えになりながらも、朔は彼の名を呼んだ。こんな筆なんかでイかされてしまって、悔しさと恥ずかしさがないまぜになりながらも、縛られた格好では昭貴にすべてを委《ゆだ》ねるしかない。

けれどむしろその状況に、身体が燃え上がる。

「そろそろここに入れて欲しいか？」

「んふ、ぅんっ！」

朔の蜜で濡れた筆で最奥の蕾《つぼみ》をくすぐられ、また新たな刺激が体内を貫いた。

男を知ってしまったその場所は、先ほどからの様々な快感によって内側から解れ、収縮し、男を欲しがっている。

「あっ…、ぁ、だめ、そこ、そんな…にっ」

「赤く、ぽってりしてる……。お前の身体は、どこもかしこもいやらしいな」

「うっ、う……っ」

淫虐な筆先でそこを撫でられるたび、腰の奥を引き絞られるような感覚が走った。それと同時に括られた乳首もまたはしたなく疼き、蜜の放出をねだっている。

「昭貴……っ、い、いれて…っ」

後孔はすでに不規則な痙攣を繰り返していた。このままでは、挿入された瞬間に達してしまうかもしれない。

「入れて欲しい？」

「ん……っ」

朔は涙目でこくこくと頷いた。もう、自分のプライドなんか構っていられない。すでにもっと恥ずかしい姿も、彼には見せてしまっている。

すると昭貴はようやっと筆を投げ捨てて朔の身体を返し、うつ伏せにさせる。両腕を縛られて手をつけない朔の腰を抱え上げ、高く上げさせるという格好をとらせた。

「あっ」

その体勢の恥ずかしさに情けない声が漏れる。肩だけで身体を支えている朔の下半身は露わになり、秘められた部分をすべて彼の前に晒してしまっていた。だが、両手を封じられているのでどうすることもできない。

そして熱く火傷するような怒張が、とうとう朔のひくつく場所に押しつけられた。

「あっ」

ぞくん、と背筋がわななく。

入ってくる、と心の準備が伴わないまま、ずずっ、と音を立てて、昭貴の凶器が肉環を押し広げて入り込んできた。

「はぁ、あっ、あんんん……っ！」

目の前がチカッ、と瞬く。びくびくと内股が痙攣する。欲しかったもののひとつを与えられて、朔はその脚の間のものから白い蜜を弾けさせた。

「あう、く、くぅう……っ」

肉洞を満たされ、強烈な極みが朔を襲う。けれど昭貴は絶頂に達してしまった朔のことなどお構いなしに、感じやすくなっていた内壁を容赦なく擦りはじめた。

「ふあ、あっ、ああひっぃっ」

達している最中にさらなる快感を与えられるのはつらい。自分の秘所が立てるとんでもなく卑猥な音も恥ずかしくてならなかった。

「朔……、お前、自分のここがどんなになってるかわかってるか……？　ありえないくらい痙攣しっぱなしで、俺のに絡みついて、どんどん奥へと誘っていってる」

「う…ぅう、ふう…っ」

そんないやらしいこと言うな。

好き勝手なことを言う昭貴に抗議したくても、朔の口からは淫らな啜り泣きしか出なかった。

実際に男根を受け入れている後孔もまた、彼の言う通り、思う様その猛々《たけだけ》しいものを味わっている。

「はあっ…、あ…っ、あ、あー…っ、ま、また、イっ…！」

昭貴が深く突き入れてきた瞬間、また無慈悲な極みが朔を襲う。

どうしてこんなに感じてしまうのかわからなかった。後ろだけじゃなく、頭の中もぐちゃぐちゃにかき回されているようで、もうこの快感を追うことしか考えられない。

「あっ、もぉ…っ、きもち、い…っ、いい、よぉ…っ」

朔はいつしか、不自由な体勢のままでいやらしく腰を揺らしていた。自分がどんな言葉を発しているのか、もうよくわからない。二度三度と絶頂に突き上げられ、身体の芯が焦げつきそうになる。

「朔は、誰のものなんだ？　誰に入れられて気持ちいいんだ？」

理性の熔けた頭の中に、昭貴の声が這入《はい》り込んできた。抵抗する気力も失《う》せた朔は、身体と興奮の望むままにその問いに答えてしまう。

「あ、昭貴のっ……、お前のだからっ…、昭貴の、気持ちいい…っ」

屈辱的な台詞さえも、蕩けた頭では悦びに繋がった。

「……いい子だな。可愛いよ、朔」

「ひぁっ」

急に脚を掴まれて身体をひっくり返されて、朔は小さく悲鳴を上げる。体内に昭貴を受け入れたままで無理に体勢を変えられ、内壁をぐるりとかき回され、背筋がぞくぞくと粟立った。

「素直な朔には、ご褒美をやらなきゃな」

先ほど糸で結ばれた乳首を解かれる気配がする。

もう、ここから出してもいいんだ。

そう思った時、両の突起がきゅううっと引き絞られるように疼いた。

「あっ、あっ」

乳首と連動するように、男根を深く突き入れられた後孔も蠕動する。きっとまた出してし

まう。白い蜜で、身体中を濡らしてしまう。

「ああっ…、もう、出ちゃっ…、で、るっ」

「いいぞ。たっぷり出せ。見ててやるから」

糸を解かれ、乳首の先がカアッと熱くなった。胸の突端に物凄い快感が集まり、次の瞬間に一気に弾ける。

「あああぁあっ」

びゅる、と両の乳首から蜜が迸った。乳首からの射精は何度味わわされても慣れることのない、異様な感覚だ。けれどそれは朔の肉体を呑み込み、抗いようのない濃密な快感の中に沈めてしまう。

「あ、あ――――…っ、いっ…！」

昭貴をくわえ込んでいる内壁もきゅううっと収縮し、淫らな痙攣と共に痺れるような極みを朔に与えた。もうどこでイっているのかもわからない。

「う、あぁ、い、くぅ…っ、い、く…っ」

白い蜜が点々と朔の肌を汚していく。きっと今自分はとてつもなく卑猥な姿になっているに違いなかった。

「っ……！」

そんな朔の肌の上に散った蜜を、昭貴が舌先で舐めとっていく。その感覚にさえ身体がビクつくほどに感じた。

（ああ――――もう駄目だ）

そんな彼を嫌だと思うことすらできないのだ。こんなに好き勝手なことをされてさえ、なお。

「……よかったか？」

それでも身体を離され、腕を解かれると、徐々に理性が戻ってくる。素面《しらふ》に還った朔を待ち受けているのは、死にたくなるほどの羞恥だった。

「そんなの……、見てたら、わかってんだろ……。ていうかお仕置きじゃなかったのか」

そもそも、昭貴が皆川と朔のことを勝手に誤解したのが始まりなのだ。朔を気持ちよくさせるのは本末転倒なのじゃないかと思う。

「だから虐めてやったろ？　なんだ、悦んでたのか？」

からかうように言われて、思わずハッとした。確かに、これでは朔が虐められて悦んでいたのを認めてしまうようなものだ。

「それにしても、立派に乳から射精するようになったな」

まだ濡れている乳首にそっと触れられただけで、朔は飛び上がりそうになる。

「っ！　さ、わるな…っ」

「やっぱり出した後は敏感になるのか？」

まだ硬さを保ち、尖っている乳首は、やがてまた芯を失って乳暈の中へと埋もれてしまうだろう。まるで彼に愛されるためにあるような場所だ――――、と、今さらながらに課せられた役目に身を竦めた。

「誰にも触らせるなよ。俺のだ」

ぎゅっ、と抱き締められて息を呑む。

彼が執着しているのは、朔のこの特異な身体なのか、それとも。

(俺が好きだって言ったのも、もしかしたら)

自分が面倒くさいことを考えはじめてしまったことを自覚して、朔はそっと眉を寄せた。このお役目を果たすだけで精一杯なのに、ややこしい感情まで抱えてしまったらもっと厄介なことになる。

「わかってる。俺はお前の花嫁だから」

氏子の住まう土地に恵みを与えるため。

そのための花嫁なのだと、皆川は言っていた。だったら、朔の意志も、もしかしたら昭貴の意志さえ関係ない。すべては神の采配なのだから。

「……朔」

彼の声が耳に響く。

その低く甘い声すら心地よいと思ってしまう自分が、本当に面倒くさいと思った。

男の身にはあまるような役目ですら、何度も回を重ねていくうちに慣れてしまうものかもしれない。

それからも昭貴は毎日のように参拝に訪れた。

「もう願い事は叶ったんだろ。そんなに頻繁に来なくともいいんじゃないのか」

「お前を花嫁にしてくれたんだから、御礼はしなきゃいけないだろ。それから、お前がずっと俺のものであるようにしないと」

そんなふうに答える昭貴に、朔は呆れたようにため息をつく。

朔はそれからもしょっちゅう、昭貴に抱かれていた。昼と言わず夜と言わず、それでもこちらの勤めに支障が出ないように気遣ってはくれている。毎回最後までするというわけでもなく、朔の乳首だけ吸っていったり、あるいは脚の間を扱かれてイかされるだけのこともよくあった。

「……っ」

境内を掃き掃除していると、ふいに胸が疼く。

朔のそこは、何度も吸われ、弄られて蜜を搾られているうちに、ひどく過敏な場所になってしまっていた。今は多分また乳暈の中に埋まっているだろうが、やや芯を持っているのがわかる。これではほんの少し弄られただけで、その突起を現してしまうだろう。そうして、朔はそのたびにあの男から、いやらしくなったとからかわれる。

(違う。俺がいやらしいわけじゃない)

昭貴のせいだ。彼が朔をこんなふうにした。

「――……」

清浄な空気の中でそんな淫らな想像に耽ってしまっている自分に気づき、朔はぶるぶると頭を振る。いけない。今はお勤めに集中しないと。

けれど、昭貴の花嫁として彼に抱かれるというのも、今の朔に課せられた大事なお役目なのだろう。

神職と花嫁。そのふたつの狭間で朔は揺れている。

幼なじみだった昭貴が、自分に好きだと言ってきて、けれど朔はそれを受け入れられなくて。

そうしたら昭貴は、神頼みまでして朔を自分のものにしてしまった。

(――俺は、どう思っているんだろう)

あの時彼を受け入れられなかったのは、彼が姉のものだと思っていたからだ。そして姉がいなくなってからは、この神社を背負っていくことに精一杯で、昭貴と向き合う余裕がなかった。

きっと彼はそれに業を煮やし、強引に朔を手に入れるという行動に出たのだろう。

――――もし、普通の関係のままでいられたら。

そうしたら、自分たちはどうなっていただろうか。

昭貴との関係が濃密になっていくにつれて、朔はそんなことを考えるようになっていった。

その時、石段を誰かが昇ってくる音がする。昭貴の足音ではない。長年聞いているうちに、彼の足運びはすっかり覚えてしまっていた。

だがこの足音も、どこかで聞いたことがあるような気がする。そう、ずいぶんと久しぶりに聞くような。

「え……っ」

まさか。

朔は思わず石段の上に立ち、それが誰なのか確かめようとした。そうして昇ってくる人の姿を認め、それが誰なのかを認識し、茫然とした呟きを漏らす。

「姉さん……」

「久しぶり、朔」

朔の姉、百合子は重そうなショルダーバッグを抱え、少し息を切らせつつ階段を昇ってきていた。

「どうしたんだよ、突然」

「うん、あのね」

朔に問われ、どこかばつの悪そうな顔をして小さく笑いながら、百合子は答える。

「帰ってきちゃった」

「――――それで？」

「やだあもう。アキちゃんまでそんな怖い顔しないでよ」

社務所の応接室で緑茶を美味しそうに飲みながら開きなおったように百合子が言う。その向かいでは昭貴が不機嫌そうな顔で腕を組んでいた。

「結局、頭に血が昇った状態で結婚してもろくなことがないってことよね。けっこう我慢したんだけど、駄目だったわ」

百合子はアメリカでの結婚生活が破綻《はたん》し、限界を迎えて逃げるようにこちらに帰ってきたのだという。

「もうやだって思ったら、一緒の空気を吸うのも嫌になったの。そうしたら、とっとと帰ってくるに限るじゃない？」

「お前なあ……」

昭貴が呆れ顔で百合子と対峙《たいじ》した。

「結婚する時は自分の都合でこいつに全部押しつけて、それで嫌になったからっていってよくのうのうと帰ってこれたな。お前がいなくなってから、こいつがどれだけ苦労したのかわかってんのか?」

朔と昭貴が幼なじみなら、百合子と昭貴もまた幼なじみだ。そして百合子のほうが彼と年が近い。百合子が昭貴を愛称で呼ぶことや、昭貴の遠慮のない物言いもまた、気安さの表れだろう。百合子の隣で二人の会話を見守りながら、朔はそんなことを考えていた。

「……それは、悪いと思ってるわよ」

百合子はオレンジ色のワンピースの裾《すそ》をぎゅっと摑んで、やや旗色が悪そうに俯く。

「でも、仕方ないじゃない」

「仕方なくねえ。勝手すぎるって言ってんだよ。だいたいお前姉貴のくせに、ちょっと子供っぽいんじゃねえのか」

「ひどい……」

百合子の声が湿り気を帯びる。朔は見るに見かねて、間に割って入った。

「もういいよ。そこまで言うことないだろ」

「朔ぅ……」

涙目の百合子が朔を見上げる。見かけを裏切って無茶で無鉄砲な姉だが、朔はどうしてもこの姉を嫌いになることができなかった。それに両親が亡くなってからは、たった一人残された家族でもある。

「姉さんだって外国で苦労したんだろ。うまくいかなくても、仕方ないよ」

実際のところ、この広い家で一人で暮らすのは、夜は少し心細い時もあった。姉が戻ってきてくれるのなら、心強い点もある。なんといっても昔はよく姉の後ろをくっついて回っていたのだ。

「……お前がそう言うなら、いいけどよ」

「朔、ありがとう……。ごめんね」

「何言ってんだよ。ここは姉さんの家だろ」

そしてその反面、百合子と昭貴の遠慮のない距離の近さに戦く自分の姿もある。百合子は離婚して帰ってきたのだ。だから、昭貴と再び接近することがあってもなんの不思議もない。

――――そうしたら、花嫁の役目は？

ふと思い当たった考えに、朔は思わず戦慄《せんりつ》した。

「当面は神社のこと手伝うわね。さすがにまた巫女やるってわけにはいかないけど、雑用くらいならできるし」

「ああ……、うん、助かる。でも、他にやりたいことあったらいいよ」

まるで姉をここから遠ざけるような言い方に、朔は少しばかり自分を嫌だと思った。だが百合子はそんなことにまったく気づいた様子はない。

「そうね。こっちでも翻訳の仕事はやろうと思ってるの。けど、今まであんたに苦労かけたぶん、恩返ししなくちゃ」

花嫁の役目は、どうなるのだろう。

無邪気に朔への感謝の言葉を述べる姉を見つめながら、そのことが頭にくっついて離れない。

百合子はそれで気がすんだのか、さっさと応接室を出ると、風呂に入りたいと言って元の自分の部屋に行ってしまった。後には朔と昭貴だけが残される。

「姉さんが戻ってきたら、どうなるんだろう」

「どうなるって？」

ぽつりと呟いた朔に、昭貴は首を傾げてみせた。彼はそのことについては考えてはいないように見える。

「花嫁のことだよ」

仕方なく答えてやると、昭貴がますます怪訝そうな顔になった。

「元々俺は姉さんの代わりだろ。正式な花嫁がここへ帰ってきたのなら、花嫁だって」

だが、朔はその言葉を最後まで言うことはできない。突然昭貴が立ち上がり、朔のほうへと回り込んできたからだった。

「お前、何言ってんの？」

「何って」

「俺がなんのために、長い間ここの神様にお願いしてきたと思ってんだ」

昭貴の声は少し怒っているようにも聞こえる。

「俺は百合子の代わりにお前を花嫁に選んだんじゃない。お前がよかったんだ。それは何度も言ったと思うけどな。まだ理解できてないのか？」

「っ……、それは、状況がやむを得なかったからだろう」

昭貴が本気で朔を欲していたとしても、もしもあの時百合子がここにいたならば、花嫁は彼女だったのではないだろうか。ここに、この土地に百合子がいたら。

「だったらなんだ。代わって欲しいのか？」

ふいに昭貴に抱きすくめられたかと思うと、袷からするりと彼の手が入ってきた。

「ちょっ…、駄目だ、ここには」

もう百合子がいる。彼女は朔が昭貴の花嫁になったことを知らないのだ。

「もうここへは来ないだろう。来たとしても関係ない」

「関係、なくないって……っ、んっ」

抗議する朔の唇は、昭貴のそれで塞がれてしまう。深く重ねられ、強引に歯列を割って侵入してきた肉厚の舌に敏感な口腔を舐められて、腰がぴくぴくと動いてしまった。

もう最近はいつものことだ。朔は彼にこうして口づけられるだけで力が抜けて、めろめろになってしまう。

「……あ、ん…っ」

絡み合う舌の立てる音がくちくちと響いて、それがやけに大きく聞こえた。

(姉さんに聞こえたらどうしよう)

ありえないのにそんなことを考えてしまう。けれど、もしもここに百合子が戻ってきて、自分が昭貴とこんなことをしているのを見られたら。

「ん……っ」

それを想像したら、どういうわけか身体が燃え上がった。

(なんで。恥ずかしいだろそんなの)

いや、恥ずかしいとかそういう問題ではない。幼なじみの男と自分の弟がふしだらな行為をしていると知ったら、どんなふうに思われるだろう。

「見られたほうがいいんじゃないのか、いっそ」

「!」

とんでもないことを言う昭貴の声が聞こえて、朔が思わず目を開けると、そこには至近距離でこちらを射貫くように見据えてくる男の顔があった。冗談を言っているとも思えない声音にゆっくりと息を呑む。

「そうしたら、お前が俺のものになったってのがわかるだろ」

昭貴は本気だ。本気で、百合子に自分の関係を見せつけてもいいと思っている。

「だ――――めだ」

そうだ。駄目に決まっている。そんなこと。

「姉さんは離婚したばかりなのに、そんなこと教えたら、またショック受けるだろ」

そう言うと昭貴は少し呆れたような、怒ったような顔をした。

「……お前は姉ちゃんのことばっかりかよ」

低い呟きが彼の口から漏れたと思った途端、いきなり小袖の前を大きくはだけられる。

「っ！」

声を上げる間もなかった。昭貴は当然のように朔の乳暈に舌を伸ばし、まだそこに埋まっている突起を穿り返そうと舐め上げる。

「……っ、や、め……っ」

そこに舌先が触れた瞬間にじいん、と腰が痺れ、身体の力が抜けてしまった。薄桃色の乳暈はちろちろと舐められて、中心が硬くなる。

「そら、たったこれだけで、もう乳首が顔を出しそうだぞ」

「ん、ん…っ、だっ、て」

何度も何度も吸われ、弄られ続けたら、感じやすくなってしまうのは当然だ。朔のそこは昭貴がくれる指や舌の感触をすっかり覚えてしまい、ほんの少し刺激されただけでもう耐えられない。

「じんじん、するっ……」

「ああ、もう少しで出てくる……」

乳暈に走った細い切れ目から桃色の突起が卑猥に顔をのぞかせた。狙ったようにそれを舌先で撫でられると、深い痺れを伴った鋭い刺激が背中を走る。

「んん、あぁあ…っ」

つい、いつものようにはしたない声が漏れてしまって、朔は唇を噛んだ。駄目だ。あんまり大きな声を上げてしまうと――。

「ここからじゃ聞こえないだろ？　声出せよ」

「っ、そ、んな、わけに……っ、ふう、んっ」

とうとう乳暈からぷっくりと突起が姿を現し、その鋭敏な性感帯を昭貴の前に無防備に晒した。これみよがしにちゅうっと音を立てて吸われ、ねっとりと舌を絡められて、思わずソファの上で仰け反ってしまう。

「うぅ、あぁ……っ」

もう片方も容赦なく勃たせられ、指の先で弄くられた。

――恥ずかしい。

昭貴が指や舌で乳首を嬲ってくるたび、そこがずくん、ずくんと痛いほどに疼く。普段埋まっているせいで敏感になっているのだと思うが、それに加えて彼があまりに責めるから、よけいに我慢できなくなった。

「や、へ……んに、なる」

乳暈ごと強く吸われた後で優しく舌の背で撫でられると、がくがくと膝まで震えてしまう。

「感じるだろ？　俺がそういうふうにしたからな」

尖った乳首を舌先で転がすように、時に軽く歯を立てられるように虐められると啜り泣きが漏れた。気持ちよくて気持ちよくて、身体が腰から熔けそうになる。

「ア…っ、は、あんんっ…」

きゅうきゅうと乳首に切ない感覚が走った。いつもの、異様な快感。それを耐えるのはとても難しくて、朔は襲いくる予感に思わず彼の腕に爪を立てる。

出る。ここから。

「ふ、あっ…あっ、イ、く…っ、――――…～っ」

朔は後半の喘ぎを咄嗟に手で塞いで乳首で極めた。胸の先から弾けた白い蜜は昭貴が舐め、もう片方は彼の指を濡らす。

「……っ、う、ふ…ぅっ…」

今の声は、百合子に聞こえたりしなかったろうか。ビクつきながら余韻に震えていると、昭貴が耳の中に囁いてくる。

「――――スリルあったな」

「ばっ……！」

「お前、ちゃんと花嫁だったろ？」

続けて言われた言葉に、思わず息を呑む。昭貴はそれ以上行為を進める気はなかったらしく、朔を乳首だけでイかせてしまうと、はだけた着物を整えて直してやった。

「っ――――」

朔は小さく舌打ちをする。これは、彼にフォローされたのだろうか。

「……姉さんは」

「ん？」

「知ってるのか。『花嫁』になるっていうのがどういうことなのか」

知ってて戻ってきたのだろうか。それ次第ではこれから先の状況がずいぶんと異なる。

「さあ。そういう話はしたことがなかった。ただ、周りがなんとなくそういう雰囲気になってたってだけだ。俺はそんな気はさらさらなかったけどな」

「…………」

朔は自分が抱えている懸念がなんなのか、薄々気づいてはいた。ただ、それを認めてしまうのがどこか怖い。

昭貴の態度は一貫して朔がいいと言ってくれている。それでも不安のようなものが胸の奥にこびりついて離れないのは、どういうわけなのだろうか。

「まあ、けど不便なことは不便か。あいつがこの家にいるってことは、人目を気にしなきゃならないからな。いっそ全部話しちまうか？」

「だ――――駄目だ！」

「駄目か？」

「それはちょっと、心の準備が――――、納得させるのは、難しいだろうし」

「そんなもんかねえ」

あと、単純に恥ずかしい。

そんな朔の気持ちを読んだのか、昭貴はそれ以上その問題については言及しなかった。なんとかなるだろうと考えているのだ。

さすが、数年がかりで『なんとかした』男は違う。

わけのわからないことに感心しながら、朔は空気を読まずにキスしてくる昭貴を拒めなかった。

「じゃ、またな」

「うん」

玄関で靴を履く昭貴を、朔はなんとも言えない顔をして眺めていた。それはおそらく、目の前の昭貴にも大層複雑そうに映ったのだろう。彼は片手を上げて、朔の頬にそっと触れてきた。

「っ、な、なんだよ」

「朔、あのな」

情交の後でまだ火照りが残る顔に触れられて、ビクつく朔とは対照的に、彼はやたらと嬉しそうだった。

「大丈夫だから」

「――――」

彼はどうしていつも、そんなに悠然と構えていられるのだろう。

これが彼の望んだことだから？

朔にはわからなかった。昭貴はいつも自分の気持ちを率直に朔に伝えてはくれるけれども、今回の花嫁の件に関しては、朔はまるで翻弄されるばかりだ。

「……何がだよ」

「お前心配性だからな。色々と考えてるんだろうけど、全部大丈夫だ」

朔には彼が何を言っているのか、よくわからなかった。昭貴はじゃあ、と言って踵《きびす》を返し、ガラガラと音を立てて玄関から出ていく。

「………………」

その後ろ姿を見送った後、朔もまた身体を返して自室へ戻ろうとした。すぐ側の廊下の角を曲がった時、向こうからタタタ…と軽い足音がするのが聞こえる。

（姉さん？）

それはさっき部屋へ戻ったはずの百合子だった。彼女は玄関で急いで靴を履くと、朔には気づかずに勢いよく戸を開ける。

「――――アキちゃん、待って」

今し方出ていった昭貴を追う慌ただしい足音が玄関から聞こえた。その後には微かな百合子の声と、それに応える昭貴らしき声が伝わってくる。だが、閉じられた戸の向こうなので、朔の耳にはその会話の内容までは判別がつかなかった。

「……姉さん？」

わざわざ追いかけていってまで、昭貴になんの用なのだろう。

朔はついつい玄関の側まで行き、その会話に聞き耳を立てたい衝動に駆られる。足が一歩踏み出したところで、はっと我に返ってやめた。

「なに、やってんだ俺」

自分に言い聞かせるように独りごちる。

盗み聞きなどみっともない。少なくとも神職のすることではない。

それでも後ろ髪を目いっぱい引っ張られつつ、朔は意志の力を総動員してその場から身体を離した。重い足取りでさっきまで彼とまぐわっていた自分の部屋へと戻る。

二階へ上がると、やがて一階の玄関のほうからカラカラと戸を開ける音が聞こえてきた。百合子が戻ってきたのだろう。

(――――昭貴と、何話していたの)

朔はそう聞きに行きたい衝動をぐっと堪える。自分がひどく浅ましく、醜いもののように思えた。

(俺がこんなことを思う筋合いなんかないのに)

そもそも、百合子が帰ってきたということ自体が、ご神託なのかもしれない。

朔は本来その役目ではない。昭貴が何を願おうが、朔は百合子が外国へ行っていた間の避難措置のようなものだ。

そうなれば姉が帰ってきた以上、その役目はいずれ百合子に戻るかもしれない。

朔の身の上に起こったありえない現象も、いずれは元に戻るかもしれない。そうなれば、朔はお役御免だ。

これは神様が、物事をあるべき姿へと戻そうとしている事象なのだ。

「……なんだよ。何もへこむことないだろ」

もともとありえなかったことなのだ。こんな厄介なことがなくなるなら、それでいいではないか。

それが結論だとわかっているにもかかわらず、朔はしばらくの間じっとその場所に佇んでいた。

『――それは、私にもわかりかねますね』

電話の向こうで皆川が考え込むような口調で言った。念のために百合子が帰ってきたことを皆川に報告し、花嫁の役割はどうなるのかとたずねたのだ。

『実際にはどうなのですか？』

「どうとは？」

『昭貴氏と事に至った時、あなたの胸はどうでした？』

「――っ」

ズバリ聞かれて、一瞬言葉に詰まる。

「問題……なかったです。ちゃんと」

我ながら妙な回答だとは思う。けれど皆川はそれでちゃんとわかったようだった。

『では、とりあえずしばらくの間様子を見てください』

「それでいいんですか」

どこか釈然としないままに朔は言う。花嫁の役目はお姉さんに戻してください――。

もしもそんなふうに言われたらと、身構えていた部分もあったのかもしれない。

『あなた方を見る限り、どうやら花嫁の役割は、心の結びつきが強く関係するような気がするのです』

「こ、ころの結びつき……ですか」

確認する声もたどたどしくなってしまうが、皆川は特にそれを指摘したりはしなかった。

『そちらへ赴いて一度話し合いをしてもいいのですが、そうなるとまた昭貴氏を刺激しかねませんからね。とりあえずは、です』

だが、微かな笑いを含んだ声に、朔の顔にサッと血が昇る。あの時のことをからかわれているのだ。皆川が朔に触れ、昭貴が嫉妬した時のことを。

その後のお仕置きめいた責めを思い出し、朔はついいたたまれなくなってしまう。

『何かあればまたご連絡ください。では』

そう言って通話は切れたので、朔はため息をついた。

姉の百合子――――本来の花嫁の役目を負う者が帰ってきたことによって、何かが変わるのではないかと思った。

百合子が戻ってきてから一週間ほど経《た》つが、特に変わった様子はない。昭貴は前と変わらない頻度でここを訪ねてきていて、正直、姉にあやしまれるのではないかとひやひやしていた。だが、彼が神社に来るのは昔からの習慣のようなもので、別段おかしなことではないと流されているのかもしれない。

遠慮でもしているのだろうか。百合子は昭貴が来ている時、朔の部屋に入ってきたりはしなかった。彼女は自分で言った通り社務所内の事務を手伝い、また向こうでやっていたという翻訳の仕事を自室でもこなし、時には食事を作ってくれたりもしていた。離婚直後で色々とつらい思いをしているだろうに、朔に愚痴るでもない。それは昔から朔がよく知る、少しばかり無鉄砲なところはあるが明るくしっかりとした姉の姿だった。

「——……」

(まったく、自分が嫌になるな)

朔はそんな百合子の心をフォローしてやるどころか、彼女がここにいることによって不安さえ感じてしまっている。たった二人の姉弟なのに。

いったい、俺はいつから。

いつからあの男を取られたくないなんて、思うようになってしまったんだろう。

朔は二階にある自室の窓に寄りかかり、何気なく外を眺めた。今日は土曜日で、昭貴は午後から来ることになっている。そろそろ約束した時間のはずだ。

(……来た)

石段をゆっくりと昇ってくる男の姿が見える。昭貴だ。

最初は自分が花嫁になるなんて、ましてや男の自分が胸からあんなものが出るようになるなんて冗談じゃないと思っていた。

なのに今は、すっかり待っている。

多分、昭貴は今日も朔を抱くだろう。裸に剝いて、いつものように乳暈を刺激して突起を露わにした後、舌と指で執拗に責めてくる。そうして朔が耐えられずに乳首で達すると、まるでそこから射精するように白い蜜が出るのだ。そして彼は満足げにそれを舐めた後、朔の身体中に愛撫の手を這わせ、自らの凶器でもって深く貫いてくる。

「…………」

一連の行為を思い出しただけで、朔は身体が熱くなるのを自覚した。

なんていやらしい。

神職として恥ずかしい、と思う気持ちと、彼の花嫁なのだから仕方ない、という感情。それらが混ざり合って朔を責めるたびに、やるせない困惑に襲われる。

多分彼は、朔がこんな複雑な思いを抱いていることなんて知らないだろう。彼はいつも、自分の思う通りに生きてきたような男だから。

窓にもたれて昭貴が社務所に入ってくる姿を見ていると、ふいにその入り口から百合子が出てくるのが目に入った。

「――――？」

彼女は昭貴のところに真《ま》っ直《す》ぐに歩いていくと、何かを必死に訴えている。朔は反射的に窓辺の隅に身を隠した。いったい何をやっているんだろうと思いながら。

百合子が昭貴にいったい何を話しているのか、ここからではよく聞こえない。窓を開ければおそらく耳に入ってくるだろうが、開ければその音は絶対に彼らの耳に届いてしまうだろうと思った。

（なんで隠れてるんだ、俺）

普通に出ていって、どうしたんだと聞けばいい。何もこんなふうに、コソコソ隠れるような真似をしなくたって。

それでも朔は動けなかった。そのくせ目だけは二人から離せない。

百合子はまだ切々と昭貴に何かを訴えている。ここからでは昭貴の表情は見えないが、時折百合子に向かって何かを話しているようにも見える。

朔の胸が、どきどきと早鐘を打った。

「――――！」

その瞬間に視界に入ってきたものを認めて、思わず瞠目する。

百合子が昭貴の腕に縋り、胸に頭を押しつけて嫌々と駄々をこねるように首を振った。そうして、昭貴の手が百合子の背に触れて。

「っ！」

その時、朔はようやっと金縛りが解けたようにそこから飛び退いた。

口元に手を当てると、自分の唇が震えていることに気づく。

（……あれ？　俺なんで）

なんでこんなに動揺しているのか。

あれは、きっとなんでもない。おそらく朔が想像しているようなことではないのだろう。

姉は巫女だったにもかかわらず自由で闊達な性格だったから、きっと昭貴にも同じように接してしまっただけなのだ。だいたい百合子は離婚したばかりで、男にはもう懲り懲りなはずだ。

――本当にそうだろうか。

もう一人の朔が、鬱屈した思いを吐き出した。

百合子は離婚したばかりだからこそ、新たな支え手を求めている。それに幼なじみで遠慮なくものが言える昭貴が選ばれないとどうして言い切れるだろうか。

それに、あの時も。

百合子がここに帰って来た日、彼女は辞去する昭貴を追いかけて何かを訴えていた。

――嫌だな。

朔は心底そう思った。

実の姉にさえ嫉妬するなんて。

朔がそんな自己嫌悪に沈みかけていた時、階段を上がる音が聞こえてきた。はっとした朔が固まっていると、廊下を歩く足音が聞こえてくる。その音はどこか苛立《いらだ》っているようにも感じられた。

入り口の襖を軽く叩くノック代わりの音がする。

どうしよう――――と躊躇していると、襖が左右にがらりと開いて、昭貴が姿を現した。

「？　――――どうした、お前」

「あ、――――」

多分、自分は今物凄く醜い顔をしている。そんな顔を見られたくなくて、朔は昭貴に背中を向けた。

「朔？」

「……いいぞ別に」

「何が」

後ろから抱き締められる気配がして、朔はするりとその腕をかわす。前はとても難しかった彼の腕から逃げるという行為が、簡単にできてしまうことがなんだか悲しかった。

「俺じゃなくて、姉さんとつきあっても」

自分でもよくわからない言葉が出てきて、朔は自分で言った言葉に驚く。まさか、これが自分の本音――――いや、そうじゃないはずだ。

「はあ？　何言って――――ああ」

昭貴は何かを悟ったような声を出した。

「見てたのか？　さっき」

昭貴は本当になんでもないことのように言う。その響きは、朔の心臓をぎゅっと摑んで痛みを与えた。

彼にとっては、なんでもないことなのだ。あれを自分に見られても。

「なんだ、やきもち妬いたのか？」

どことなく嬉しそうな声が癪に障る。昭貴には、彼にはその程度なのだ。ある日強引に儀式に連れ出され、肉体を変えられ、それでも自分の気持ちを気づかされてしまった朔のことなど、やきもちの一言ですまされる程度の。

「気にするな。あれは――」

「……美味しいとこどりかよ」

殊勝なことを言うつもりだったのに、朔の口から出たのは辛辣《しんらつ》な言葉だった。

「いくら儀式で花嫁になったって言っても、俺とは法律的に結婚なんかできないもんな。姉さんと結婚したら体面とか保てるんじゃないのか？」

勢いで振り向き、強い口調で言い放つと、昭貴の眉が怪訝そうに歪む。

怒らせた、と思った。

「なんでも思い通りになると思うなよ」

それでも朔の言葉は止まらない。このまま言い続けたら絶対に後悔する、こんなの八つ当たりだとわかっているのに。

昭貴はまだ何も言い返してこない。相手をするのも馬鹿馬鹿しいくらい呆れさせたのだろうか。そんなことを思うと、ふと悲しくなった。

「俺は、思い通りにするぞ」

それまで黙っていた昭貴が、ふいに低い声で言う。朔が驚いて顔を上げると、いきなり腕を摑まれて壁に追い込まれた。

「っ…、離せっ」

「嫌だね。やっとお前を手に入れたんだ。お前だってやきもち妬いて怒ったってことは、俺のこと好きなんだろう?」

「うぬ……ぼれんなよ。こんな状況になったら、意識するなっていうほうが無理だろ」

自分に嘘をついている、と自覚していた。彼に抱かれて気づいてしまっただけで、本当は自分だって昭貴のことが好きだったのだ。

多分、初めて好きだと告げられる前から。

「それでもいい」

真剣な目が朔を釘《くぎ》づけにする。

「お前を抱けるなら、なんでもよかった。ほんとは神様の力なんか借りたくなかったけど、俺には余裕なんてなかったから」

その言葉は朔にはひどく意外だった。朔の目には、昭貴は情愛を含めて自分の欲求を追求しているだけのように見えて、余裕があるとかないとか、そういう次元ではないように思えていたからだ。

「お前の姉ちゃんのことは、ほんとになんとも思ってない。幼なじみとしての情みたいなもんはあるけど、多分、勃たない」

「なによそのひどい言い方」

ふいに部屋の入り口から女の声がして、朔と昭貴は慌ててそちらのほうを見た。

部屋の前に百合子が立っている。

「ね、姉さ……！」

百合子はこれからどこかへ出かけるのか、よそ行きの格好と、手にバッグを持っていた。

「アキちゃんがそんな薄情な男だって知ってたら、相談なんかするんじゃなかったわ」

「悪いな」

昭貴は百合子に苦笑を向ける。事態が呑み込めていない朔に、百合子がため息混じりに説明した。

「別れた旦那から電話があって、未練掘り起こされちゃったのよ。で、ちょうどやってきたアキちゃんに泣きついちゃったってわけ。あんたには悪かったわ、朔。でも別に寝取ったりしないから安心して」

「え、いや、ちょ……」

百合子はまるで自分たちのことを知っているような口調で言う。予想だにしていなかった朔は動揺を隠せなかった。

「あんたね、私が知らないとでも思ってたの？　もうずっと昔から、あんたがアキちゃんを好きなんだってことは知ってたわよ」

「……っ！」

百合子の爆弾発言に心臓と顔が爆発してしまいそうなほどの衝撃を受ける。

なんで。自覚したのだって、たった今なのに。

「だって私とアキちゃんが仲良くしてると、あんた泣きそうな顔で見てるんだもん」

「え、それってマジかよ？」

聞き返したのは昭貴のほうだった。朔はまさか自分がそんな顔してたなんて、と、口元を手で押さえて下を向いてしまう。

「マジよ。だからてっきり、私が結婚したらさっさとくっつくもんだと思ってたわ」

百合子はやってられない、とでも言いたげな顔だ。

「帰ってきたその日に、朔のことよろしくねって、慌てて追いかけてまで頼んだのよ」

朔が最初に誤解した日だ。百合子が慌てて昭貴の後を追いかけていったので、朔は大層心を乱してしまった。

今ならそれが自覚できる。けれど、お役目よりも私情を優先してしまうのはよくないと思ってずっと見ない振りをしてきた。

「というわけで、お友達と飲みに行ってくるわね――――。あ、今夜は帰らないかもしれないから。じゃあ、アキちゃんごゆっくり。朔のことほんとによろしくね？」

「おう」

昭貴は片手を上げて百合子を見送る。姉が軽やかに階段を駆け下りる音がやんでから、ようやく顔を上げることができた。

「……何、半笑ってんだよ」

「いや、なんか――――、嬉しくて」

人の気も知らず、へらへらと笑っている昭貴を見ると、殴り飛ばしたくなってくる。いっそ本当に殴ろうかと拳《こぶし》を固めた時、ふいにぎゅうっと抱き締められて息が止まった。

「好きだ、朔。お前が好き。俺の花嫁になってくれて、本当に嬉しい」

「――――」

心臓が。

心臓が爆《は》ぜる。

同時に涙が出てきそうになって、朔は慌てて昭貴の胸に顔を埋めた。なのに強引に顔を上げさせられ、のぞき込まれる。こういうところが本当に嫌いなのだ。

「可愛い」

「あっ」

目尻を濡らすそれを舌先で舐めとられ、背中を甘い波が走る。意識してもいないのに、ため息が漏れた。

「なあ、ずっと俺の嫁でいてくれるか?」

「……っ」

ずるい、とか卑怯だ、とか、そんな言葉が頭の中を回っていたけれども、彼はずっと前から朔に告げていたのだ。

だから変わらなければならないのは、自分だと思う。

「儀式とか……、そういうの関係ないから」

「うん」

「あ、昭貴が胸のこれ……、気に入っているならそれでもいいけど」

「うん」

「好きに、吸ってくれていいけど……、それだけじゃ、嫌だ」

もう本音を言ってしまおう。多分今しか言えないような気がするから。

必死に口にしても要領を得ないような自分の言葉を、それでも昭貴はちゃんとくみ取ってくれたようだった。それまで見たこともないような幸せそうな笑みを浮かべて、もう一回腕の中に抱きすくめる。

「俺は最初から、お前の全部が好きだよ」

それを聞いた時、朔はもう負けだと悟った。

「……ん…ん」

さっきからぴちゃぴちゃといやらしい音が聞こえる。

それは朔と昭貴の、合わせた口の間から漏れる音だった。濡れた舌が絡み合い、蠢くたびに耳の奥にまで淫らな旋律が響く。

「ん、ん…ぅ」

ちゅる、と舌を吸われて、朔の背中がじん、と疼いた。思わず腰が震えてしまって、恥ずかしさにぎゅっ、と眉を寄せる。

(キスだけで、こんな)

いやらしい奴だと思われないだろうか。そんなふうに思って必死で我慢してみようとしても、身体がひくひくと動くのが止められなかった。

「……かわいいなあ、朔」

「っ……」

さんざん吸われた舌のせいで、抗議しようとする舌の呂律《ろれつ》が回らなくなっている。昭貴はそんなことも一向にお構いなしに、朔の耳や首筋に音を立ててキスをしたり、しゃぶったりした。

「あ、は、ァ…っ」

その間も小袖や袴を脱がされて、朔はいつの間にか昭貴の手によってほとんど肌を露わにされる。

「俺、ばっか、裸にされて、ずるいっ…」

「ん？　じゃあお前が脱がせてくれる？」

「………」

腕を引かれ、力の入らない上体を起こされて、朔はおずおずと昭貴の服に手をかける。指先が震えてうまくボタンを外せないでいると、昭貴が笑いながら手伝ってくれた。やがて均整のとれた筋肉のついた精巧な肉体が露わになる。

「触ってみるか？」

促されて、朔はおずおずと彼の引き締まった腹部に触れた。硬い感触を返すそこは、熱くて逞《たくま》しい。

「下もだ」

朔はちらりと昭貴を見上げると、言われるままに覚束《おぼつか》ない手つきでベルトを外しだした。思い切ってボトムの中に手を差し入れると、火傷しそうな硬いものに触れる。

「……っ」

息を喘がせたのは朔のほうだった。これを身体に入れた時の快感を覚え込まされている。手の中の熱い血潮が通うものは、どくどくと脈打って力強かった。

「出してみろよ」

朔の心臓の鼓動はすでに速まっていた。顔が熱くなり、頭の中がぼうっとしてくる。昭貴に言われるままに握ったそれを引きずり出すと、重たげな凶器がぶるん、と天を仰いだ。

「神主さんに、フェラしてくれっていうのは気が引けるな」

「……今さら、何言ってんだよ」

さんざんあんなことをしておいて。

朔がそう抗議すると、彼はそうだな、と言って笑った。その表情がとても男くさくて魅力的だったのは否めない。朔はゆっくりと頭を下げ、そそり立つ昭貴の男根をそっと口に含んだ。

「……ん」

大きな肉棒が口の中に入ってくる。こんなに大きく口を開けたことはなかなかなくて、ともすれば喉の奥を突きそうなそれに、必死になって舌を這わせ、吸い上げた。昭貴のものが口の中の粘膜を擦っていくたびに、何か変な感じがする。身体が熱いような、ぼうっとするような。

「ふ、んっ…、ん」

（俺、昭貴のしゃぶって、感じてるんだ）

そういえばちっとも嫌悪を感じない。次第に夢中になり、先走りをじゅるじゅると音を立てながら舐めていくと、口の中のそれがますます大きくなった。さすがにくわえづらくなる。

「……ああ、なかなか上手だぞ」

「…っは、ほん、とに…？」

息苦しくなって昭貴のものから口を離して見上げると、朔を優しく見下ろす彼と目が合った。恥ずかしいので、すぐに逸らしてしまう。

「ていうか、お前にしゃぶってもらってるっていう事実だけでたまんねえ」

そう告げた昭貴が朔の頭の後ろに手をかけたかと思うと、ふいに力を入れてその凶器を喉の奥まで押し込んだ。

「ふ、ぐっ！」

突然口中と喉奥を占拠されて、朔はくぐもった悲鳴を上げ、涙目になる。昭貴は朔の頭を固定すると、ゆっくりと腰を前後させた。まるで朔の口を性器にでも見立てているようだ。

「んんっ…、ふ、ううっ…」

苦しいのに、なぜか気持ちがいい。朔は必死でその暴挙に耐えていたが、身体がひとりでに熱くなっていくのを止められなかった。

「……出すからな……っ」

「ん、んんっんっ……」

無意識に喉を開き、彼の迸りを受け止める。どろりと濃いものがそこを満たし、朔は思わずその体液を飲み下してしまった。

「……ふうっ…」

上から昭貴の満足そうなため息が聞こえる。ようやく頭から手を離され、口の中から彼の男根が抜かれて、朔は口元を白く汚しながら咳《せ》き込《こ》んだ。

「悪い、大丈夫か?」

「お前っ……、調子に、のるなっ…」

それでも、朔が口調ほど怒ってはいないということは、昭貴もわかっているだろう。長い指が朔の唇を拭《ぬぐ》って、まるでよくやったというように抱き締められた。

「今度は俺がお前を気持ちよくしてやるから」

耳に注ぎ込まれる声にどきりとする。次の瞬間にはベッドに沈められ、昭貴に組み敷かれていた。

「ん、あっ!」

いきなり乳首を舐められて変な声を上げてしまう。電気を流されたようにビクン、と身体が跳ね上がった。先日からさんざん可愛がられていたそこは、まだ突起をその表面に現していないが、乳暈の中ですでに芯を硬くさせている。

「……は、ぁ…あう…っ、うぅっ！」

ちゅう、と芯を引き出すように吸われ、身体の中心を快感が走り抜けた。思わず背中を浮かせてしまい、耐えきれずにシーツを強く握り締める。

「んぁ、や、も、もっ…と、やさしく…っ」

「んん…？　優しくしてるぞ？」

そう答える昭貴に舌でざらりと舐め上げられ、また変な悲鳴を上げそうになった。必死で突っ張った足のつま先がぶるぶると震えてしまう。

「う…そ、だ、だって…っ、な、なんか、きつ…っ」

身体を走る感覚がきついのだと訴えると、彼は笑いを漏らし、反対側の乳首を指の腹でとんとんと叩いた。

「ふあ、あ」

「そりゃお前、感じやすくなったからじゃねえの？」

「……え」

「さんざん可愛がったからなあ、ここ。ただでさえ感じやすかったし」

「――――…っ」

感度が上がったから受ける感覚が激しいのだとこともなげに言われて、朔は身体を硬直させる。

（そんな）

それではますます淫蕩な身体になってしまったということではないか。

「あっ、や…やめ」

「いいじゃねえか。気持ちいいんだろ？」

乳暈の中に埋まっている突起を舌先で穿られて吸い出されると、身体の芯を引き絞られるような感じがする。朔はもう声も出せずに、肉体を突き上げる異様な刺激に喉を反らせた。

「…う、うー…っ」

「よし、出たな。今度はこっちだ」

乳暈に埋まっている朔の突起が、執拗に刺激されてとうとうその姿を現す。一度露出したそれは精一杯勃ち上がって、与えられる愛撫にヒクヒクと震えた。

「あっそれっ…、ああっ」

尖った突起を指先で転がされながらもう片方も吸い出されると、もうどうにかなりそうになる。普段乳暈の中に隠れているそれは、まるで神経が密集しているように鋭敏だった。

「あ、あ――――…っ」

とうとうもう片方もくびり出され、いやらしい突起が剝き出しになる。ふたつの乳首はじんじんと疼いて、もっと虐められるのを待っていた。

「ほんっと可愛いな。このエロ乳首」

「あんんっ」

両方を指先でピン、と弾かれ、鋭い感覚に嬌声が上がる。摘まれてくりくりと弄られると、もう我慢できなくなって腰が動いた。

「膨らんで、真っ赤になってる」

「あっ、ひ、ぃ…ぃいっ」

硬くなったそれを押し潰すようにこねられても、もう乳暈の中には戻らない。感じる突起と化したそれを思う様いたぶられて、朔は自制を失った。

「あっ…ぅ、ううっ…！　そ、それっ…、ああ、いい…っ」

恥ずかしいのに、朔は自ら卑猥な言葉を漏らしていた。そうすると昭貴が悦ぶというのもあるが、今は本当に、朔自身の頭の中がいやらしいことでいっぱいだった。

昭貴に淫らなことをされたい。自分が彼の花嫁だというのなら、そんなことも許されるような気がする。

そんなことを思ってしまうと、乳首がひくひくと脈打つのを自覚した。

「あ、あっ！　…で、で、る…っ」

ありえない場所からの射精感。けれど朔はもう、この射精がどんなに気持ちがいいか知っている。このふたつの先端から白い蜜を迸らせる瞬間の絶頂が。

「出る？　何が」

昭貴の指先が突起を離れ、乳暈を焦らすようになぞる。もどかしさに泣き喚《わめ》きたくなり、朔は唇を震わせてその後の言葉を続けた。

「し、白いのが……」

「白いのってなんだよ」

容赦のない追及に、朔はほとんど啜り泣いていた。けれどどうしてだろう。それがとてつもない興奮を連れてくる。

「わ、わかんなっ…、なにが、出てるんだよっ」

朔自身も、自分の乳首から何が出ているのか、正確にはわからないのだ。ただ昭貴が言うから射精なのだと思っているけれども。

「じゃあ、こう言いな」

昭貴が朔の耳元に口を寄せ、何かを囁く。それを聞いた朔の顔がみるみる紅潮した。この男は自分にどこまで恥ずかしい思いをさせれば気がすむのだろう。

「ほら、教えてやったろ？」

「あ、あっ」

指先が軽く乳首をくすぐったかと思うと、すぐに離れていく。刺激が欲しくて、朔の身体があやしくうねった。

（ああ――――もっと）

もっと気持ちいいのが欲しい。

すでにそこからの射精の悦びを知ってしまっている朔は、昭貴が強いる我慢を耐えることができなかった。

「ミ、ミルク出る…っ、おっぱいからミルク、出ちゃ……っ」

あられもない言葉を口にしてしまうと、それが快感となる。身体の奥から熱く甘い痺れがこみ上げてきて、ふたつの突起へと集束していった。

「ちゃんと言えたな。いい子だ」

ご褒美だ、と言って、昭貴の指が尖りきった乳首を摘み、こりこりと強めに揉み解していく。

「あ、ああっ」

がくん、と背中が仰け反り、稲妻《いなずま》のような痺れが全身へと広がっていく。そして何度か経験した、乳首へと迫ってくる射精感。未だに慣れないあの感覚が朔の理性を容赦なく灼き切っていった。

「ふあ、あ、あああぁあ、で、るぅ……っ」

体内で何かが爆発し、それが拡散していく。それと同時に乳首の先からびゅるびゅると白い蜜が弾け、胸や腹を汚していった。

「あ、ああ……っ、気持ち、い……っ」

「もっと出していいぜ」

「ひ、ひぃい」

乳首からの射精がまだ終わらないうちに、両方の突起を扱くようにさらに刺激され、たまらない快感が朔を襲う。強すぎる快楽に嫌々とかぶりを振り、朔は昭貴の指で最後の一滴まで乳首から蜜を搾られた。

「白いの飛び散ってるの、いやらしいな」

朔の肌の至るところに散る白蜜は、上気した肌との対比が一層卑猥に見せている。そんなふうに言われても射精直後の身体は身動きするのも億劫で、荒い呼吸にはあはあと胸と肩を喘がせていることしかできなかった。

「……っ」

「気持ちよかったか？」

「……うん……」

強情を張る気力も熔かされてしまった朔は、昭貴の問いかけに素直に頷く。

乳首はじんじんと疼いていた。もうどうなってもいい。たとえ何をされても、それが昭貴によってもたらされるのなら、そう悪くもない。

「まだまだ感じさせてやるからな。嬉しいだろ」

そう言って両脚を大きく開かれて、再び羞恥がこみ上げてくる。朔の股間のものはすっかり勃ち上がり、こちらも先端から蜜を滴らせていた。

「どこもかしこもぐっしょりだな」

「あ、あんまり……見るなよ…」

「そう言うなよ。せっかくお前が俺のものになってくれたんだ。全部見たい」

そんなふうに口説かれて、内奥がきゅうっと収縮する。それも見られてしまっただろうか。

「朔、好きだ。可愛い」

「あっ」

くちゅ、と音がして、脚の間のものを握り込まれる。途端に脚の先までにも快感が走り、朔は喜悦に顔を歪めて短く喘いだ。昭貴の手が陰茎を包み込んで、五本の指を絡ませながら扱いてくる。

「あ、はっ…、あっあっ」

巧みな愛撫を与えられて、開かされた内股がぶるぶると震えた。先端から溢れる蜜を塗り拡げるようにされると思考が白く濁ってくる。

「先っぽの孔、ヒクヒクして可愛い」

そう言いつつ、その小さな孔の周りを指の腹でくるくると撫で回してくるのだからたまらない。

「んんっあんっ、ああっやぁっ」

朔は女の子みたいな声を上げて、はしたなく腰を振り立てた。下半身がどろどろに熔けていくような感覚すら覚える。すると昭貴が自分の凶器を握り、それを朔の最奥へと宛がってきた。

「あ」

入れられる。そう思うと、内壁がひっきりなしに蠢いた。

「いくぞ」

「あ……っ」

そこから力を抜こうと努めた瞬間、ぐっと腰を進めてきた昭貴のものがずぷりと音を立てて挿入される。

「うぁあ」

張り出した部分が肉環を通過していく時の、内側から押し広げられる感覚が泣きたくなるほどにいい。

「あ、あ、やぁ、い、いっぱいっ…、いっぱい、にぃっ」

自分でも何を言っているのかわからなかった。昭貴のものが朔の内側にみっちりと這入り込み、奥を目指して進んでくる。その満たされる感覚に啜り泣きが漏れた。

「朔……、脚の付け根、こんなに痙攣させちまって」

そんなにお尻が気持ちいいのか？　と聞かれて、朔はがくがくと頷いていた。尻だけではない。昭貴が朔にすることは、全部感じる。

「俺も、お前の中気持ちいい。熱くて、すごい勢いで絡みついてきて……。普段のお前の口調と正反対だな」

「ああっ馬鹿っ…、あ、あ、ひぃ」

昭貴が一際深く腰を押し進めると、彼のものがすべて朔の中に入ってしまった。

(奥で、どくどくいってる)

昭貴のものが脈打つ感じすら快感になってしまう。彼は一度動きを止め、大きく息をつくと、朔を見下ろして軽く唇を合わせてきた。

「ア、ん」

「たっぷり可愛がってやるからな」

ず、と男根が引き抜かれた時、内壁が引き攣《ひつ》るような刺激が湧き上がる。その感覚に息を呑む間も与えられず、今度はまた奥まで熱い楔《くさび》が打ち込まれた。

「はあ、ああっ!」

重い快感に突き上げられる。ズウン、ズウンと、何度か力強く貫かれ、そのたびに瞼《まぶた》の裏に七色の花火が見えた。シーツを握る指先からも力が抜けてしまう。

そして彼の動きがだんだんと速くなり、粘膜を擦られる感覚に音を上げてしまいそうになると、また重く突き上げられる、その繰り返し。

「あ、あっ…、ひ、いぃ……っ」

身体が火を噴きそうだった。

震える腕を伸ばして目の前の昭貴に縋りつくと、彼の身体もまた燃え上がるように熱い。

昭貴もまた自分の身体に夢中になっていてくれるのだと思うとわけもなく嬉しくて、胸がぎゅっと苦しくなった。

「あ、あぁ…あ、あき、たか、昭貴ぁっ……」

「朔っ……」

噛みつくような口づけに襲われ、呼吸を奪われる。朔はその間もずっと、全身を包む快感にくぐもった喘ぎを漏らしていた。

「んん……っん、す、す…き、好きっ……」

「っ……」

その途端、体内の昭貴の体積が急に大きくなり、朔は思わず悲鳴を上げる。

「あぁ――――…」

「おまえ、急に爆弾落とすなよっ……」

「し、知らな……っそんなのっ」

「責任とれよ。ほら……かき回してやる」

彼のより大きくなったものが、朔の媚肉をぐりぐりと抉ってくる。たまったものではなかった。

「ああ、あ、あぅぅう……っ」

「離さないからな……、覚悟しとけ」

硬い、鋼のような男根を何度も突き入れられ、朔は絶え間ない絶頂の渦に叩き込まれ、翻弄される。

そうしてまた胸の突起から射精し、あるいは陰茎から射精し、もうどちらの白蜜なのかわからなくなるまで、朔は昭貴に抱かれ、貪り合った。

今日も気持ちのいい朝だ。朔は箒を手に取り、いつものように境内の掃除を始める。仕事の基本は清掃だといってもいい。こうして神域を清めるのも、神職の立派な仕事のひとつだ。そうこうしているうちに石段の下から足音が聞こえてきた。朔にはもちろん、それが誰なのかちゃんとわかる。

「よ」

「おはよう」

「おはよう、朔」

上まで来た彼は、朔の唇を軽くかすめ取った。不謹慎のような気もするが、自分たちを結びつけたのはここの神様でもあるので大目に見ていただきたい。

「姉ちゃんに引っ越し祝い送っといたぞ。なんか馬鹿高え牛肉のセット」

「ありがとう」

百合子はあれからほどなくして神社から引っ越していった。そう離れてはいないところだが、一人のほうが気楽らしい。また新しい恋人ができたようだが、しばらく結婚はいいと笑っていた。

「今日仕事終わったら、迎えに来るな」

「うん」

初めて二人で旅行に出るのはなんとなく気恥ずかしい。それでも、朔はこの日を何日も前から楽しみにしていた。

昭貴はいつものように参拝をすませた後、時計を見て慌てたように言う。

「やべえ。もう行かないと」

「石段、気をつけろよ」

「ああ」

昭貴は立ち去ろうとして、もう一度名残惜《なごり》しげに朔にキスをした。

「今夜、楽しみにしてる」

「馬鹿」

軽く毒づいて昭貴を見送ると、朔は微かに熱くなった頬に手を当てる。

朔はあれから、肩肘《かたひじ》を張って奉職することをやめた。もちろん真摯《しんし》に尽くすことは大事だが、それは日々の仕事を心を込めてやっていればそれで充分なのだとわかったような気がする。

そしてその中には、昭貴の花嫁としての勤めも含まれるのだろうが、そちらはもう考えないことにした。

そういえば、先日町内会長の西村がやってきて、お礼参りだと言ってお賽銭を奮発していってくれた。豪雨で被害を受けた農作物だったが、どういうわけか思ったほど状態が悪くなかったそうだ。ほっとしたような西村の顔を見ると、朔も嬉しさを感じずにはいられない。

自分にも何かをなし得ることができたのだと思った。

爽《さわ》やかな風が吹いてきて、朔の髪を揺らす。

その風の中に甘い香の匂いを嗅いだような気がした。

あとがき

こんにちは。シャレード文庫さんではちょっとお久しぶりです。今回は『白蜜花嫁』を読んでいただきありがとうございました。

この話は、ある作家さんから「陥没書いてくださいよ」と年賀状にまで書かれてあったリクエストを元に書いてみました。私は突起萌えなので、出っ張ってる方が好きだなーと思っていましたが、いざ書いてみると普段隠れているものが出てきた時はなかなかエロい、と再認識しました。新しい扉を開けさせてくれた某先生ありがとうございます。でも乳首から射精の方は私が書きたかったものです。乳首を責めてその頂点が射精とか贅沢極まりないですよね！

挿絵を描いていただきました立石先生も本当にありがとうございます！

美しいラフやカラーに萌えて、ため息の連続でした！　可愛い朔とえろかっこいい昭貴、そして渋い皆川を生んでいただけて嬉しかったです！　乱れた袴とかもう本当に素敵です。

そういえば神職さん受はデビュー作以来でした。今回のは少し都会の神社の神職さんでテイストが違いますね。

担当さんもお世話になり、ありがとうございました！　ご迷惑をおかけして申し訳ありませんでした……！　シャレードさんではいつも好きなものを書かせていただいております。その懐の深さが好きです。

今年はスケジュールが狂いっぱなしでしわ寄せもずいぶん出てしまいましたが、やっとどうにか通常ルーティンに戻りそうな気配を見せております。これからも一冊一冊、大事につきあってゆきたいと思いますのでどうぞよろしくお願いいたします。

それでは、またどこかでお会いできましたら。

西野　花

http://park11.wakwak.com/~dream/c-yuk/index3.htm
Twittet：http://twitter.com/hana_nishino

西野花先生、立石涼先生へのお便り、
本作品に関するご意見、ご感想などは
〒101-8405
東京都千代田区三崎町2-18-11
二見書房　シャレード文庫
「白蜜花嫁」係まで。

本作品は書き下ろしです

CHARADE BUNKO

白《しろ》蜜《みつ》花《はな》嫁《よめ》

【著者】西野花《にしのはな》

【発行所】株式会社二見書房
東京都千代田区三崎町2-18-11
電話　03(3515)2311[営業]
　　　03(3515)2314[編集]
振替　00170-4-2639
【印刷】株式会社堀内印刷所
【製本】ナショナル製本協同組合

落丁・乱丁本はお取り替えいたします。
定価は、カバーに表示してあります。

ISBN978-4-576-13136-8

http://charade.futami.co.jp/